Josef Mues

Eigentlich hätten wir Sie gerne behalten …

Erfahrungen eines Gekündigten und was sich daraus lernen läßt

Herder

Freiburg · Basel · Wien

Alle Namen wurden aus
persönlichkeitsrechtlichen Gründen geändert.

Originalveröffentlichung

Alle Rechte vorbehalten-Printed in Germany
© Verlag Herder Freiburg im Breisgau 1995
Herstellung: Freiburger Graphische Betriebe 1995
Umschlaggestaltung: Joseph Pölzelbauer
Umschlagmotiv: © Mauritius – ACE, Peter Hince
ISBN: 3-451-4342-4

Für B.

Inhalt

Denken Sie doch, der Blick vom rennenden Pferde in der Bahn, wenn man seine Augen behalten kann, der Blick von einem über die Hürde springenden Pferde zeigt einem sicher allein das äußerste, gegenwärtige, ganz wahrhaftige Wesen des Rennbetriebs. Die Einheit der Tribünen, die Einheit des lebenden Publikums, die Einheit der umliegenden Gegend in der bestimmten Jahreszeit usw., auch den letzten Walzer des Orchesters und wie man ihn heute zu spielen liebt. Wendet sich aber mein Pferd zurück und will es nicht springen und umgeht die Hürde oder bricht aus und begeistert sich im Innenraum oder wirft mich gar ab, natürlich hat der Gesamtblick scheinbar sehr gewonnen. Im Publikum sind Lücken, die einen fliegen, andere fallen, die Hände wehen hin und her wie bei jedem möglichen Wind, ein Regen flüchtiger Relationen fällt auf mich und sehr leicht möglich, daß einige Zuschauer ihn fühlen und mir zustimmen, während ich auf dem Grase liege wie ein Wurm. Sollte das etwas beweisen?

Franz Kafka

Vorwort

Wo beginnt die Kündigungserfahrung, wo hört sie auf? Gern würde ich zwei Pflöcke in die Vergangenheit einschlagen und sagen: Das Thema Kündigung reicht bei mir von diesem bis zu jenem Zeitpunkt. Vorher war alles gut, dann mußte ich jene fatale Zeitspanne durchleben, und nun, da ich einen neuen Job gefunden habe, ist alles wieder in Ordnung. Und außerdem würde ich noch gern genauso rigoros die Tiefe der Erfahrung markieren. Also: Diese bestimmten Aspekte meines Lebens wurden davon berührt, die Beziehungen zu den und den Personen, die und die Gewohnheiten, materiellen Verhältnisse und so weiter, und am Ende habe ich solche und solche Möglichkeiten gefunden, mit der Kündigung umzugehen. Damit wäre die Erfahrung eingegrenzt. Es ließe sich ein Zaun um das Areal ziehen und das Thema damit erledigen. Das wäre entlastend. Zum Beweis, daß das Trauma bewältigt ist, würde ich anführen, wie gut es mir inzwischen wieder geht: Ich würde auf die beruflichen Erfolge hinweisen, die sich wieder eingestellt haben, auf meinen gegenwärtigen ansehnlichen Verdienst, auf das freundliche Leben, das ich mit Frau, Kind, Vierzimmerwohnung und Garten führe. Doch so einfach läßt sich diese Erfahrung nicht eingrenzen. An welchem Punkt der Erinnerung ich den Pflock, der den Anfang der Kündigungserfahrung markieren soll, versuchshalber auch ansetze, immer bin ich versucht, noch einen Schritt zurückzugehen, um etwas noch weiter Zurückliegendes, das die Kündigung mit vorbereitet hat, nicht zu unterschlagen. Andererseits hallt das Echo der Kündigung auch in der Gegenwart noch nach. Manchmal zeigt mir eine unvermittelte Verhaltensweise, daß Spuren des Erlebnisses in meinem

Handeln noch weiterwirken, zum Beispiel ein Zögern in Situationen, in denen ich nach meinem Werdegang befragt werde. Ich schätze ab, wie sehr ich mich dem anderen gegenüber öffnen darf, ohne Nachteile befürchten zu müssen, und schon allein die entstehende Pause ist verräterisch, zeigt sie doch, unterstrichen vielleicht durch einen unruhigen, nach Worten suchenden Blick, daß es da Dinge gibt, über die ich nicht selbstverständlich spreche, die ich scharf zensiere: Oft genug stelle ich die berufliche *Veränderung* so dar, als habe ich sie selbst karrierehalber initiiert. Wähle ich den anderen Weg, indem ich mich öffne (was in der Regel dann geschieht, wenn mir umgekehrt auch die Offenheit des Gegenübers wichtig ist), ist die Nachwirkung ebenfalls spürbar. Nur mühsam finden die Worte ihren Weg, es gibt Satzbrüche, es ist, als müsse ich über einen Widerstand hinwegsprechen.

Während der Niederschrift dieses Berichts bin ich verschiedentlich darauf gestoßen, daß sich die Sprechkontrolle schon ein gutes Stück verselbständigt hat, zu einem unbemerkten Automatismus geworden ist. Die Sprechkontrolle wird zur Denkkontrolle. Das Bewußtsein umgeht weite Teile der Verletzung. Erinnerungen an hochnotpeinliche Situationen, an Augenblicke der Erniedrigung, die nach Monaten des Vergessens plötzlich wieder präsent sind, bestürzen mich.

Über Kündigung und Arbeitslosigkeit zu sprechen bedeutet über das zu sprechen, worüber in der Regel instinktiv geschwiegen wird: über die eigene Schwäche bzw. über die Angst davor, schwach zu sein, über die Angst davor, fachliche Eignung und Anpassungsfähigkeit an die Belange einer Organisation nicht in ausreichendem Maße zu besitzen. Es bedeutet auch, über die eigene Ohnmacht, über durchlebte Aggressionen laut nachzudenken und über die Frage, was man selbst vielleicht aktiv zum Gekündigtwerden beigetragen hat. Wie hinderlich solche Reflexionen für den sind, der wieder in die Arbeitswelt zurückfinden möchte oder gar einen beruflichen Aufstieg anstrebt, wird offenkundig, wenn man sich um eine neue Stelle bewirbt. Zum Gespräch eingeladen wird nur, wer schriftlich reichlich Dynamik und

Selbstbewußtsein demonstriert und für beides vergangene Heldentaten als Belege vorzuweisen hat; den ersehnten Job bekommt schließlich, wer von den wenigen verbleibenden chancenreichen Bewerbern die allerhöchsten Erfolgserwartungen auf sich konzentriert und wer Streßfragen gegenüber die nötige Resistenz bewiesen hat. Begründungen für den unfreiwilligen Ausstieg müssen da schon sehr ‚plausibel' sein, d. h., verdächtig ist derjenige, an dem der Geruch irgendeiner Schuld am unfreiwilligen Ausstieg haftenbleibt, denn wer einmal einen entscheidenden Fehler gemacht hat, könnte leicht wieder einen machen.

Ich glaube, es ist dem seelischen Wohlbefinden nicht besonders zuträglich, das Ausblenden verunsichernder Erfahrung, das im Bewerbungsverfahren für eine rasante Position am Platze sein mag, als Dauerzustand für sich zu akzeptieren. Statt dessen halte ich den Mut zur eigenen Biographie für wichtig. In einer Zeit, in der Unternehmen ihre Strukturen und damit ihren Personalbedarf in immer höherem Tempo an die sich noch rascher verwandelnden Anforderungen des Marktes anpassen, bietet eine solide Einschätzung der eigenen Potentiale und das Bemühen um einen transparenten Umgang mit sich selbst wohl einen beständigeren Halt als die Position in einer Firma.

Dieser Bericht ist das Resultat einer persönlichen Mangelerfahrung, Ausdruck der anhaltenden Auseinandersetzung mit einem aufwühlenden Ereignis. Er mag den Leser dazu inspirieren, den Blick für die ganz eigenen Erlebnis- und Aktionsmuster zu schärfen, die in seinem Verhältnis zur Arbeitswelt zum Vorschein kommen. Denn ich bin davon überzeugt, daß eine genaue Innenwahrnehmung die verläßlichste Grundlage für die Entscheidungen hervorbringt, die in einer krisenhaften Lebensphase erforderlich werden.

Josef Mues im Juni 1994

I

Schwüle Stille vor dem Sturm: Wenn die Arbeit nachläßt

Ein Sommerbild erscheint, wenn ich mir die Vorzeichen der Entlassung vergegenwärtige: Hinter den Gardinen flirren Wespen. Auch bei geöffnetem Fenster ist es in diesem Seminarraum im fünften Stock stickig. Ich sitze an meinem provisorisch hergerichteten Arbeitsplatz: zwei Schleiflacktische über Eck gestellt, auf dem einen steht das Telefon, auf dem anderen der Computer. Beides brauche ich so gut wie nicht, denn es ist verschwindend wenig zu tun. Donnerstags dokumentiere ich, wie ein paar Räume in der kommenden Woche zu belegen sind. Hin und wieder kommt ein Anruf, aber ich kann auch nicht sagen, wann die Seminare, die jetzt aus Kostengründen abgesagt worden sind, nachgeholt werden. Im übrigen lese ich etwas über *Total Quality Management*, nach dem mich in diesem Unternehmen niemand fragen wird. In der Aktentasche befindet sich eine Tüte mit Badezeug. Sobald es eins ist, ziehe ich die Lederjacke über Hemd und Krawatte, schwinge mich auf das Motorrad, habe das Schwimmbad erreicht, noch bevor der Motor mit optimaler Betriebstemperatur arbeitet, wechsle die seltsame Montur gegen die entspannend schlichte Badehose, springe nach knackig-kalter Dusche in das mittäglich leere Becken und bringe ein paar hundert Meter hinter mich in einem dem Alltag abgetrotzten Gefühl, mir etwas Gutes zu tun. Möglich, daß Marike noch kommt, die gerade an ihrer Examensarbeit schreibt. Wenn sie kommt, dann meist abgehetzt, der Schreibtisch wollte sie nicht fortlassen – doch Schwimmen soll ja besonders für Schwangere sehr gesund sein: Im September erwarten wir unser Kind. Ein paar Minuten sitzen wir noch auf der Decke, essen heiße Bockwürstchen und kalten Kartoffelsalat. Der gelbe Badeanzug spannt über Marikes Bauchberg, dessen Anschwellen ich von Tag zu Tag wahrzunehmen meine.

Bald muß ich schon wieder zurück in die Firma, um die Mittagspause, die eigentlich nur eine Stunde dauern darf, nicht allzusehr zu überziehen. Am Nachmittag heißt es wieder die Minuten, die Stunden an sich vorüberziehen lassen, den Wespen zuhören und dem Baulärm, der von einer sichtbar prosperierenden Bank auf der gegenüberliegenden Straßenseite herrührt und in die Sommerleere im fünften Stock eindringt. Ich befinde mich auf der Chefetage, durch zwei gläserne Brandschutztüren abgetrennt vom edelsten Korridor des Hauses. Über dessen anthrazitfarbenen Teppichboden eilen von Zeit zu Zeit Geschäftsführer in Maßanzügen aus italienischen und englischen Stoffen, häufiger noch ihre diensteifrigen Sekretärinnen in repräsentativen Kostümen, deren Preis nicht immer im rechten Verhältnis zum schmalen Gehalt steht, wie mir bei Gelegenheit eine der Damen gestand. Man legt hier eben auf Äußerlichkeiten Wert. Auch in meinem Zeugnis werde ich später lesen, daß meine Kleidung den Anforderungen des gehobenen Finanzdienstleistungssektors jederzeit entsprach, und dabei werde ich den leisen Verdacht nicht unterdrücken können, daß in diesem Satz eine bittere Ironie verborgen liegt. Den Beginn des Chefkorridors markiert eine Wartezone, die ausstattungsmäßig irgendwo zwischen *Le Corbusier* und *Dallas* angesiedelt ist: Hinter dem großen Mahagonischreibtisch – oder ist es Palisander? – residiert Frau Naumann, die die Telefonzentrale versieht, mit glattem blondem Haar, dezentem Make-up, ebenfalls tadellos gekleidet, meistens im Blickfeld irgendwelcher Bewerber und anderer Gäste, die mit übereinandergeschlagenen Beinen und steifen Nacken in der schwarzen Ledergarnitur vis-à-vis harren, in Zeitschriften oder der Firmenbroschüre blättern und so tun, als würden sie der geschäftigen Vermittlung von Telefonaten nicht folgen. Ausgesucht vom Chef persönlich, sieht Frau Naumann ihrer Vorgängerin an diesem Platz verblüffend ähnlich. Von Zeit zu Zeit haben wir miteinander zu tun: Zu ihren Aufgaben gehört es auch, die Hotels für die Seminarteilnehmer zu buchen, die aus den unterschiedlichen Regionen Deutschlands hierherkommen, um in der Zentrale etwas zu lernen.

Mein Job ist der des Referenten in der Abteilung *Aus- und Weiterbildung*. Das klingt nach Fortschritt, nach brandaktuellem Wissen, und das klingt auch verwurzelt und historisch, eben nach Bildung, nach Goethe und gepflegter Salonkonversation. Die Realität meines Jobs hat allerdings mit der schönen Begriffswelt wenig zu tun. Mein Geld bekomme ich dafür, angehende Wirtschaftsberater, die im gehobenen Privatkundengeschäft eingesetzt werden sollen, möglichst schnell zu guten Verkäufern auszubilden. Dazu brauchen die Neuen, die in der Regel frisch von der Uni kommen, gewisse Kenntnisse in der Versicherungsmaterie, in den Bereichen Geldanlage, Immobilien- und Existenzgründungsfinanzierung, berufsständische Versorgung und Steuern. Vor allem brauchen sie aber die Fähigkeit, einfache, intelligente und überzeugende Gespräche mit ihren Kunden über diese verschlungenen Themen zu führen, denn am Ende jedes Gesprächs soll die Unterzeichnung möglichst mehrerer provisionsträchtiger Verträge stehen. Abteilungsleiter aus den unterschiedlichen Fachbereichen verabreichen den Trainees geballte Dosen des nötigen Faktenwissens, *Aus- und Weiterbildung* liefert die Schulungsorganisation und das Verkaufstraining, also Psychologie, Argumentation, Selbstbewußtsein, Nestwärme. Wir führen vor, wie man aus vorgefertigten Gesprächsleitfäden (fast) natürlich wirkende Gespräche macht, wir spielen ,schwierige' Kunden, bedienen die Videokamera, geben zuerst diskretes, dann immer deutlicheres Feedback und weisen darauf hin, daß ein Wirtschaftsberater den Taschenrechner und den PC mit den Programmen zur Tarifrechnung schon mit einer gewissen Geschwindigkeit bedienen können sollte.

Wir sind eine sehr kleine Abteilung. Geleitet wird sie von Herrn Förster, einem Kommunikationswissenschaftler. Er kam vor fünf Jahren in die Firma und hat den Ausbildungsbereich aufgebaut, ihm auf jeden Fall eine Struktur gegeben, indem er die Gesprächsleitfäden entwickelte und eine lern-freundliche Abfolge theoretischer und praktischer Schu-lungsbausteine installierte. Ich bin der zweite Mann in der Abteilung, seit gut einem Jahr im Unternehmen. Man meint es ernst mit mir, denn die beiden vorherigen Inhaber der Re-ferentenstelle erwiesen sich als personelle Fehlgriffe, wie man mir sagt. Damit ich möglichst gut bestehen kann, hat man mich durch die obligatorische Beraterausbildung ge-schleust.

Ein paar Monate habe ich im vergangenen Herbst dann selbst in einer norddeutschen Geschäftsstelle, in der es gera-de eine Vakanz gab, Versicherungen und Investmentfonds verkauft. Ich sollte Praxisluft schnuppern, ein paar Erfahrun-gen sammeln, um die Sprache der Vertriebsleute sprechen zu können. Es war ein unwirkliches Leben, das am schwarzen Beraterschreibtisch, am Lenkrad und im Hotelzimmer statt-fand. Die Monate waren zu lang, als daß ich sie wie eine Dienstreise einfach hätte wegstecken können, und zu kurz, als daß es sich gelohnt hätte, ein Privatleben in der neuen Umgebung aufzubauen. Mal ein Abendessen mit Kollegen, dabei blieb es. Ich bekam einen Eindruck davon, wie sehr das *Geschäftsleben* den, der sich ihm ausliefert, absorbieren kann.

Kurz vor Weihnachten kam ich wieder zurück in die Zen-trale. Seitdem besteht meine Rolle nun darin, meine Trai-ningsleistungen präzise in das vorhandene Schulungsgerüst einzupassen. Hin und wieder darf ich einen eigenen Akzent setzen: einen Fragebogen ausarbeiten oder ein peripheres Be-ratungsthema in Leitfadenform aufschreiben. Gewöhnlich arbeitet noch eine Sekretärin für uns, doch die letzte hat ver-gangenen Monat gekündigt. Eine Nachfolgerin ist nicht in Sicht. Bis auf weiteres werden wir also eine Zwei-Mann-Ab-teilung sein. Und da Förster Urlaub macht, bin ich in diesen schwülen Sommerwochen alleiniger Herr unseres Arbeitsbe-reichs.

Viermal im Jahr werden neue Trainees eingestellt. Die Grundausbildung dauert sechs Monate: Die Schulungen in der Zentrale wechseln sich ab mit Aufenthalten in der Geschäftsstelle. Dort erhalten die Trainees Feinschliff und Stallgeruch. Sie berechnen Tarife, hospitieren bei Kundengesprächen, dürfen zuweilen selbst einen Part übernehmen, betreiben Telefonakquise und müssen sich abermaligen Verkaufsübungen unterziehen, die nun von erfahrenen Kollegen kritisch angeleitet werden: Was in der Zentrale gelehrt wird, taugt, so die meisten alten Hasen, ohnehin im Vertriebsalltag nur begrenzt. Wenn wir die Trainees in der Zentrale wiedertreffen, erleben wir sie verändert. Manche sind ein bißchen arroganter geworden. Ihre Krawatten sitzen besser als vorher, und sie benehmen sich, als wüßten sie jetzt, wie sich das wirkliche Leben da draußen an der Verkaufsfront anfühlt, weil sie inzwischen eine Lebensversicherung an einen jungen Arzt verkauft haben. Einige sind frustriert. Keiner der erfahrenen Kollegen in der Geschäftsstelle hat sich recht um sie gekümmert. Im Austausch mit den übrigen in die Zentrale zurückgekehrten Trainees wird ihnen nun bewußt, daß die Geschäftsstelle, in der sie bald auf Dauer arbeiten werden und die sie erst jetzt, während ihres Hospitationsaufenthaltes, eingehender kennengelernt haben, im Vergleich mit anderen Filialen nur mageres Geschäft macht und darüber hinaus mit einem außergewöhnlich unangenehmen Vorgesetzten gesegnet ist – eine herbe Enttäuschung für jemanden, der gerade seine erste Stelle angetreten hat und für den ein beruflicher Wechsel noch etwas beinahe Undenkbares ist. Allerdings werden manche nach der Probezeit gar nicht die Möglichkeit bekommen, im Unternehmen zu bleiben. Diese Erkenntnis ist für die sensibleren Gemüter erst recht schockierend. Leistung und Persönlichkeit werden während der ersten sechs Monate eingehend unter die Lupe genommen. So ziemlich jeder, der in der Probezeit ausbildungshalber mit den angehenden Beratern zu tun hat, liefert seine Beurteilung ab, sei es per Text, Telefonat oder Beurteilungsformular. Und da wir als die Hauptzuständigen für die *Aus- und Weiterbildung* den intensivsten Kontakt mit den Neuen pflegen, haben unsere Noten besonderes Gewicht. Zudem laufen die Fäden der diversen Probezeitbeurteilungen bei uns zusammen, d. h. bei Förster, der auch dieses Thema restlos systematisierte, indem er ihm ein feinmaschiges Netz von Punktebewertungen unterlegte. Es ist eine zwiespältige Situation, einerseits das Vertrauen der Trainees gewinnen zu wollen, Identifikationsmöglichkeiten und Hilfestellung bei der persönlichen Entwicklung anzubieten, andererseits Teil einer brutalen Maschinerie zu sein, die ausscheidet, was nicht die gewünschte Rendite erwarten läßt: Verwaltungstypen, Mauerblümchen, trübe Tassen. Zwar werden die Beurteilungskriterien offengelegt. Doch der Druck auf die Neuen wird nicht unbedingt dadurch geringer, daß er öffentlich ist. Meine Idee war der Beurteilungsfetischismus nicht, aber ich kann mich ihm auch nicht entziehen, schon allein aus Loyalität meinem Chef gegenüber. Außerdem möchte ich über maximale Information verfügen. Denn nur wer informiert ist, wird akzeptiert. Und nicht zuletzt bedeutet jemanden zu beurteilen auch, Macht auszuüben, worin eine ganz unmittelbare Lust liegt. Diese Lust läßt sich natürlich inmitten der zahlreichen rationalen Gründe dafür, differenzierte Mitarbeiterbewertungen schon während der Probezeit vorzunehmen, leicht verstecken. Macht auszuüben heißt wiederum: das Unternehmen von morgen mitgestalten zu können, Menschen mit Erfolgspotential zu fördern, andere mit einem Fähnchen zu versehen, auf dem ‚Vorsicht' steht. Was aber, wenn sich die große Macht, an der ich ein wenig teilhaben darf, gegen mich selbst wendet? Was, wenn sich der Unternehmensorganismus, um sein Überleben besorgt, nicht mehr nach außen wendet zwecks Dienstbarmachung frischer Arbeitskräfte, sondern nach innen: wenn er, geschwächt durch ein besonderes Vorkommnis, von der Substanz zehren muß, gleichzeitig Reserven aufsparen muß für schlimmere Zeiten, wenn er also gezwungen ist, auf kleinerem Fuße zu leben?

Wo beginnt die Kündigungserfahrung? Sie beginnt wohl schon an jenem Tag X, an dem ein Unternehmer sich seinen Traum erfüllt, indem er eine pompöse Luxus-Motoryacht für

Firmenzwecke erwirbt samt ständiger Besatzung für Navigation und Service. Er will zahlungskräftigen Kunden – in der Regel haben sie ein großes Erholungsbedürfnis, aber nur wenig Zeit – mit exklusiven Wochenenden auf dem Mittelmeer aufwarten inklusive des einstimmenden Fluges an die Côte d'Azur. Der Weg ist nun vorgezeichnet. Gewiß, die Idee hat Anziehungskraft: Jemand, der sich einem Unternehmen so weit anvertraut, daß er sich mit ihm auf das offene Wasser begibt, wird ihm sein Vertrauen auch dann schenken, wenn es um den Abschluß von Versicherungen geht. Nur ist die betuchte Klientel, die durch die aufwendigen Mittelmeertrips gewonnen werden soll, so verwöhnt, daß sie den dargereichten Luxus wie selbstverständlich hinnimmt, einfach Dankeschön sagt und es beim Versprechen beläßt, das Unternehmen weiterzuempfehlen und sich über die Finanzdienstleistungen, die in Verbindung mit dem Trip wie bessere Rheumadecken feilgeboten worden sind, bei Gelegenheit Gedanken zu machen. Die Kosten, die das Schiff und die Besatzung verursachen, wachsen der Firma inzwischen über den Kopf, gerechtfertigt bald nicht einmal mehr durch eine begründete Hoffnung auf künftige Mehrabschlüsse. Während allenthalben noch vom Erfolg des Projektes als einer tollen Marketingmaßnahme gesprochen wird, spüren die ersten, daß der Wind rauher weht, daß die Nervosität steigt. Das Projekt wird an allen Ecken und Enden nachgebessert, und da sich noch immer keine positiven Ergebnisse einstellen, gibt es immer neue Aktionen in immer kürzeren Abständen.

Für *Aus- und Weiterbildung* weht der Wind allerdings nicht rauher, sondern für uns will er gar nicht mehr richtig wehen, er bläst gewissermaßen an uns vorbei. Dies geht schon seit einiger Zeit so. Berater, und zwar die Shooting-Stars unter ihnen, werden für die Wochenendfahrten in Sachen Entertainment und Finanzdienstleistungsanimation eigens weitergebildet – jedoch nicht von uns, sondern von einem freien Trainer, dessen Tagesgage etwa so hoch liegt wie mein Monatsgehalt. Für einen Vorstoß unsererseits, zur Ausbildung der Bordberater beitragen zu dürfen, hat Personalchef

Manzke, der über uns gebietet, der in Sachen Mittelmeerprojekt aber selbst nicht mehr als ein gehobener Weisungsempfänger des Unternehmers zu sein scheint, bloß ein müdes Lächeln übrig: Es seien schon genug Mitarbeiter in dem Projekt engagiert. Statt einer spannenden Aufgabe bekomme ich nun endlich die Gehaltserhöhung, die üblicherweise nach einem Jahr Unternehmenszugehörigkeit gewährt wird, seinerzeit aber vergessen wurde. Es ist weniger, als ich dachte, aber immerhin.

Bei der Generalprobe für die Mittelmeertrips durfte Förster mit dabeisein. Wie gut hat die Regie gearbeitet? Wie glaubwürdig spielen die Schauspieler ihre Rollen? Das wollten und sollten die Geschäftsführung, altgediente Berater und die Abteilungsleiter aus der Zentrale erfahren. Förster hatte viel zu kritisieren, er tat dies denn auch laut und vernehmlich, doch er bewirkte wenig, allenfalls, daß er von nun an als Bremser des Projektes galt, des wichtigsten seit Jahren. An dem Arbeitstag, der auf den Rückflug folgte, legte er mir seine Kritik und die übrigen Umstände des Kurztrips fein säuberlich auseinander. Was mochte er selbst zu verarbeiten haben? Oder wollte er mich, den nicht zu Flug und Seefahrt Geladenen, mit dem Nachweis trösten, daß das Ganze eine peinlich mißlungene Veranstaltung war – bis auf den Start, die butterweiche Landung mit dem Jet, den Champagner abends auf Deck, das vorzügliche Essen, die mit Kollegen fröhlich durchzechte Nacht …

Da wir an dem Mittelmeerprojekt nicht beteiligt sind, sind wir auch an dessen Erfolg nicht sonderlich interessiert. Unsere Identifikation mit dem Unternehmen hat einen Riß bekommen. Wir machen unseren Job, was bleibt uns anderes übrig, und beobachten, wie jede freie Mark in den Kraftakt wöchentlichen Auslaufens gesteckt wird. Es kursieren Zahlen: welche Summe jede dieser Aktionen inklusive Flug verschlingt und wieviel der externe Supertrainer, der immer noch jedes Wochenende dabei ist, für eine kurze Vortragseinlage auf See einstreicht. Jeder produzierende Mitarbeiter rechnet diese Beträge in Lebensversicherungssummen um, die er bei seinen Kunden unterbringen muß, um die Provisionen zu realisieren, aus denen sich solche Ausgaben finanzieren lassen.

Die Position von *Aus- und Weiterbildung* ist arg geschwächt. Auch die Trainees ahnen dies gewiß, haben es vielleicht auch schon definitiv von Kollegen gesteckt bekommen. Wenn ich im Seminarraum doziere oder nach Verkaufsübungen Rückmeldungen gebe, meine ich in den Augen, die mich anblicken, abwartende Distanz wahrzunehmen. Es wird schwieriger, den Neuen gegenüber den Helden, den erfolgreichen Verkäufer und Verkaufstrainer zu spielen, den im Unternehmen geschätzten Gesprächspartner. Ich verlege mich darauf, in die Rolle des Abwägenden, des Objektiven zu schlüpfen, der, anstatt sich zu begeistern, von den ,Chancen' spricht, die die Mittelmeerfahrten mit sich bringen. Förster bleibt, so kommt es mir vor, der Held. Er redet von ,unserem' Schiff und hält die Trainees an, es ihm in künftigen Beratungsgesprächen gleichzutun – erstaunlich und verständlich zugleich, diese Ergebenheit und diese Leidensfähigkeit. Wie auch immer wir indessen mit unserer Situation umgehen, es sieht halt nicht besonders anmutig aus, wenn man, an den Spielfeldrand verbannt, Einfluß auf das Treiben auf dem Platz zu nehmen versucht.

Unser Ansehen verschlechtert sich weiter, als mit massiven Kosteneinsparungen begonnen wird. Der Schulungsetat, so beweglich, immer beinahe wie etwas Verschwendetes anmutend und ungreifbar in seinen Wirkungen, drängt sich da geradezu auf als Möglichkeit der Selbstbeschränkung. Eine Grundausbildung muß sein, befindet man, aber wofür diese vielen Fortbildungen? Spezielle Fachschulungen lassen sich ohne weiteres um ein halbes oder ganzes Jahr verschieben, und Seminare zu den Themen *Rhetorik* oder *Persönlichkeitsentwicklung* werden als etwas gänzlich Nebensächliches betrachtet angesichts der kostspieligen Notwendigkeiten, für die dringend liquide Mittel gebraucht werden. Geplante Beraterfortbildungen sollen abgesagt werden, das ist beschlossene Sache, wobei Förster Vorschläge unterbreiten darf, auf welche Seminare man denn am ehesten verzichten kann. Er versucht zu retten, was zu retten ist, doch seine Streichungen gehen der Geschäftsführung nicht weit genug. Die Zeiten, in denen noch lange gefackelt wurde, sind vorbei. Die Macht, die mit ein paar Worten, mit ein paar Kugelschreiberstrichen auf einer Übersicht terminierter Seminare so viel zu bewegen vermag, die Macht, die wir bislang auf unserer Seite glaubten und die wir selbst ein klein wenig mitsteuerten, wendet sich jetzt mit einem ihrer Arme gegen uns. Kurzerhand bekommen wir den Auftrag, die Hälfte der Fortbildungsseminare zu stornieren.

Als Trainer und Organisatoren haben wir von einem Tag auf den anderen nicht mehr besonders viel zu tun. Förster sehe ich in seinem Büro an seinem weitläufigen Schreibtisch hocken, den Telefonhörer am Ohr, schnell sprechend mit hoher klarer Stimme, zwischendurch aufmerksam zuhörend, seinen Gesprächspartner am anderen Ende der Leitung niemals unterbrechend (das klänge energischer), dann wieder rasch und präzise sprechend. Vor ihm liegt die lange Liste derer, die er noch anrufen will. Er hat es sich vorbehalten, die betroffenen Berater persönlich darüber zu informieren, daß das jeweilige Seminar, für das sie vorgesehen waren, zu dem sie bereits vor Monaten schriftlich eingeladen wurden, nicht stattfinden wird. Auf so vieles gibt Förster während dieser Telefonate acht: Die Information muß sauber herüberkommen. Es ist verbindlich in Aussicht zu stellen (allerdings ohne förmliches Versprechen), daß die Schulung nachgeholt wird. Eine saubere Begründung wird dafür gegeben, warum ausgerechnet diese und nicht eine andere Veranstaltung ausfällt, auch wenn diese Begründung in manchen Fällen gar nicht existiert und Förster sie erst im Laufe des Telefongesprächs erfindet. Es muß ferner deutlich werden, daß *Aus- und Weiterbildung* nicht die Schuld an den Streichungen trägt, was ja eigentlich leicht zu vermitteln wäre, aber eben dann zu einer diffizilen Aufgabe gerät, wenn zugleich der Eindruck erweckt werden soll, *Aus- und Weiterbildung* sei weiterhin eine souveräne, selbstbestimmte Instanz. Jede Selbstdemontage ist zu vermeiden – ein hoffnungsloses Unterfangen.

Vor uns ein Ozean von Zeit. Lange sitzen Förster und ich beisammen und trinken Kaffee. Nach allen Regeln der Kunst gesteuerter Kreativität denken wir uns aus, was für tolle Sachen man noch mit der Yacht anstellen könnte. Wir schreiben unsere Einfälle auf bunte Karten und heften diese an Pinnwände, wir bilden Ideenhaufen, sondern manche Ideen aus, kommen auf neue, bringen eine zeitliche Reihenfolge in das Konglomerat freischwebender Gedanken und haben am Ende ein Konzept, mit dem wir furchtbar allein sind und das wir abends, bevor wir gehen, sorgfältig vor den Blicken möglicher Neugieriger schützen, die es in Wahrheit natürlich keineswegs gibt.

Wir sprechen viel miteinander. Halb im Scherz, halb im Ernst stellen Förster und ich uns vor, wir würden uns gemeinsam selbständig machen, ein eigenes Weiterbildungsinstitut gründen, Büroräume anmieten, eine Halbtagskraft einstellen, einen Kopierer und ein Faxgerät anschaffen ... Überhaupt stellen wir uns eine Menge vor: Dadurch schützen wir uns davor, die gewalttätige Sprache, die die Tatsachen sprechen, zu uns vordringen zu lassen. Die Tatsachen sagen uns ins Gesicht: Eure Arbeit ist nicht viel wert, und sie ist nicht wichtig. Zu den wichtigen Dingen taugt ihr nicht. Beschäftigt euch hübsch mit dem Kleinkram und macht den Mächtigeren, den wirklichen Akteuren keine Scherereien. Sätze aus der Kindheit klingen zu mir herüber: Du mußt nicht alles haben! Das ist nichts für dich! Dazu bist du noch zu klein!

Als die Trainees für einen ausgedehnteren Aufenthalt in ihre Geschäftsstellen abreisen, nimmt Förster drei Wochen Urlaub. Noch nie war er für eine so lange Zeit fort. In den Jahren zuvor beanspruchte er seinen Urlaub immer nur tageweise. Sein Arbeitsplatz war damit praktisch permanent besetzt. *Aus- und Weiterbildung*, das war er, und er war stets präsent. *Aus- und Weiterbildung* war agil, ehrgeizig, hellwach, überlegen, erfolgreich. Nun läßt Förster zum ersten Mal los. Mit seiner Familie hat er soeben das neugebaute Haus bezogen. Dort gibt es noch eine Menge zu tun.

Auf diese Weise bin ich in das bleiern schwere Sommerbild hineingelangt, zu dem mich die Erinnerung an die Kündigungserfahrung immer wieder zurückführt. Ich bin zurückgeblieben wie in einer Einöde, aus der ich nicht entfliehen kann. Meine Aufgabe besteht nun allein darin, das Telefon zu hüten, denn unsere Abteilung soll stets erreichbar sein. Dies ist eine ausdrückliche Anordnung des Personalchefs. Nur selten gibt es Abwechslungen, eine davon ist der Umzug an den provisorischen neuen Arbeitsplatz: Unsere bisherigen Büroräume im Parterre sollen einer anderen Abteilung angegliedert werden. Die uns zugedachten neuen Büros im ersten Stockwerk müssen, bevor wir sie beziehen können, erst noch baulich instand gesetzt werden. Wie lange das dauern wird, weiß niemand genau.

Für den Übergang nehme ich in einem der Seminarräume auf der Chefetage Quartier. Ich entledige mich des Jacketts, lege die Krawatte ab, krempel die Ärmel hoch und mache mich daran, die wesentlichen Dinge zusammenzupacken und mit einem Rollwagen nach oben zu bringen. Transporthalber muß ich den Aufzug benutzen, der sonst ausschließlich dem Firmeninhaber und seinen engsten Gefährten vorbehalten ist und der nur mit einem speziellen Schlüssel bedient werden kann. Im fünften Stockwerk angekommen, begegnet mir der einflußreichste Geschäftsführer des Hauses, zuständig für den Vertrieb. Man nennt ihn auch den Prinzen, seiner relativen Jugend und seiner exzellenten Beziehung zum Inhaber wegen. Neben diesem ist er der einzige, der über einen eigenen Chauffeur verfügt. Er fragt mich gönnerhaft nach meinem Treiben, und ich freue mich darüber, daß er mich so fleißig herumwieseln sieht. Darüber hinaus befriedigt es meinen gegenwärtigen latenten Hang zum Protest, die Kleiderordnung zu verletzen, ohne dafür zur Rechenschaft gezogen werden zu können. Zugleich bin ich jedoch auch der

Untertan, dessen grobe Verrichtungen es nicht zulassen, unter allen Umständen die korrekte Form der äußeren Erscheinung zu wahren. Wie ich den Prinzen mit seinem Zeitplansystem unter dem Arm dastehen sehe, wird mir klar, daß ich mein Gehalt im Augenblick so recht fürs Nichtstun bekomme und zur Abwechslung nun ein gutbezahlter Packer bin. Mühsam ringt der Prinz sich mit immer wieder in die Ferne abschweifendem Blick eine Minute Konversation ab und wird bald wieder, wie ich mir denke, den dringenden Geschäften entgegeneilen, die auf ihn warten. Ich habe derweil nichts Besseres zu tun, als in Reichweite des Telefons dahinzuvegetieren und zwischendurch einen Arbeitsplatz gegen einen anderen einzutauschen. Allein daß ich infolge der körperlichen Anstrengung schwitze, spricht für mich. Mit einer Mischung aus Trotz und Schuldbewußtsein ziehe ich meines Weges weiter.

Innerlich sträube ich mich gegen das aufgezwungene tatenlose Herumlungern. Den flirrenden Wespen zuhören und dem Baulärm, der durch die geöffneten Fenster eindringt; einmal in der Woche den neuen Raumplan zusammenstellen: Das ist nicht der Job, für den ich mich seinerzeit beworben habe. Dies ist die erste Stelle, die ich nach Studium und Trainerausbildung angenommen habe, und ich habe den Arbeitsvertrag in der Annahme unterschrieben, in dieser Firma meinen Kopf in Bewegung setzen zu sollen. Im Einstellungsgespräch war nicht die Rede davon, der Sinnlosigkeit zu frönen, sei es auch nur ein paar Wochen lang.

Unter normalen Umständen ließe sich eine solche längere Zeitspanne ohne Terminverpflichtungen dankbar nutzen. In der Hektik des Alltagsgeschäfts Liegengelassenes könnte wieder aufgegriffen werden, man könnte Pläne entscheidungsreif ausarbeiten. Doch hier ist nichts mehr zu planen, nichts mehr aufzubauen, im Gegenteil: Begonnene Vorarbeiten für die inzwischen abgesagten Seminare haben jede Grundlage verloren und können sofort abgebrochen werden. Ich schmökere in meinem Buch über *Total Quality Management* und träume von einem Unternehmen voller begeisterter Mitarbeiter: Freudestrahlend richten sie all ihre Anstrengungen darauf, ihre Kunden glücklich zu machen, was damit einhergeht, daß sich auch alle Mitarbeiter untereinander glücklich machen. Mit der Qualität von Produkten, Dienstleistungen und Arbeitsabläufen habe ich in der augenblicklichen Situation nicht viel zu schaffen. Was mir bleibt, ist die private Lebensqualität: Mittags, wenn das Wetter schön ist, schwimmen zu fahren und Marike zu treffen ist für mich eine fast lebenswichtige Unterbrechung im Einerlei dieser entsetzlich langen Tage.

Nachmittags lasse ich wieder die Minuten, die Stunden an mir vorüberziehen. Nach Schlafen ist mir zumute oder nach Davonlaufen oder danach, in irgendein anderes Büro zu gehen, um mit Kollegen ein paar Worte zu wechseln. Doch wenn ich Unterhaltung wünsche und zugleich in der Nähe des Telefons bleiben will, muß ich schon jemanden in meine Einsiedelei einladen. Dies tue ich mit Maßen, damit meine Untätigkeit nicht allzu offenkundig wird.

Einmal kommt Herr Sendler, der Personalreferent, unangemeldet zur Tür herein. Er sagt, er wolle mich einfach besuchen, dabei haben wir noch nie länger ohne dienstlichen Anlaß miteinander gesprochen. Er sieht entfernt einer hölzernen Kasperlepuppe ähnlich: der starke Unterkiefer, der beim Sprechen weit herunterklappt, die stets lachenden Augen. Kopf und Oberkörper drehen sich immer gleichzeitig, als wären sie fest miteinander verschraubt. Zuerst werde ich den Eindruck nicht los, daß er von Manzke geschickt worden ist, um bei mir nach dem Rechten zu sehen. Doch meine Deutung der Visite stellt sich als ein Anzeichen beginnender Paranoia heraus, denn Sendler führt offensichtlich nur Gutes im Schilde. Von Kollegen hat er gehört, daß ich in der Familiengründung begriffen bin und nur eine kleine Wohnung habe. Er möchte mir ein Haus vermitteln, das Freunde von ihm zu verkaufen haben. Ich bedanke mich freundlich und sehe mir das Haus später mit Marike von außen an. Ganz abgesehen davon, daß es uns nicht gefällt: Mir ist im Augenblick ganz und gar nicht nach einem Immobilienkauf zumute. Ich müßte einen langfristigen Kredit aufnehmen und wäre damit dauerhaft von regelmäßigen Einkünften abhängig – aus wäre es mit der Freiheit, dieser Firma jederzeit einfach den Rücken kehren zu können.

Tatsächlich keimt der Gedanke auf, die Stelle zu kündigen, wenn es so trübselig im Unternehmen weitergeht. Ich beginne mir die Freiheit auszumalen: die Freiheit von den Anzügen, den Hierarchen, vom Papierkram, von Dienstbeginn und Dienstschluß, die Freiheit zum Ausschlafen, zu selbstbestimmtem Arbeiten, zu spontanem Genießen herrlicher Tage. Ich käme auch mit weniger Geld aus. Muß sich denn alles um den Beruf und das berufliche Fortkommen drehen? Marike rät mir – und befragte Freunde folgen ihr in dieser Ansicht –, die Flinte nicht sofort ins Korn zu werfen. Auch in anderen Firmen werde nur mit Wasser gekocht, höre ich. Außerdem sei bald, zumindest auf ein, zwei Jahre hinaus, eine Familie zu ernähren: Ob ich denn sicher sei, mit freiberuflicher Arbeit die nötigen Mittel heranschaffen zu können. Den Gedanken an die Kündigung schiebe ich zunächst wieder beiseite.

Was gibt es sonst noch für Vorkommnisse in diesen Wochen? Eines Morgens besucht mich Förster im Freizeitdreß mit seinem vierjährigen Sohn, der lesen und Briefe mit dem Computer schreiben kann. So menschlich hat Förster noch nie auf mich gewirkt. Das schüchterne Kind will auf Papas Arm. Förster, den ich bisher ausschließlich nüchterne Zwekke habe verfolgen sehen, geht vollkommen selbstverständlich auf seinen Sohn ein und schmust mit ihm. Der Junge ist unglaublich stolz auf seinen Vater, der mit dem nagelneuen *Passat* gekommen ist. In der Tiefgarage bekomme ich eine Vorführung der eingebauten Klimaanlage und des Stereo-Kassettenrecorders, auf dem Förster eine Kinderkassette abspielt.

Offizieller Dienstschluß ist abends um sechs. Vor fünf vor sechs traut sich kaum jemand, das Haus zu verlassen. Ziemlich genau morgens um neun betreten die Angestellten das

Gebäude, und es ist ein festes Ritual, sich abends an der gläsernen Außentüre auch wieder Tschüs zu sagen. Der Pförtner ist bereits gegangen, und so kommt man sich gegenseitig im Schlüsselparathaben zum Aufschließen des schweren Portals zuvor.

Abends sitze ich mit Marike im Gemeinschaftsgarten des Mietshauses, in dem wir wohnen. Wir haben das Laptop mit hinausgenommen und redigieren ein Kapitel ihrer Examensarbeit. Danach fahren wir in unserer Lieblingsbeschäftigung fort und denken über den Namen unseres Kindes nach, von dem wir noch gar nicht wissen, ob es ein Junge oder ein Mädchen wird.

II

Ich verkaufe, also bin ich: Gesteigertes Erfolgsbedürfnis und seine Spielarten

Auf einmal sind die *Zahlen* in aller Munde. Auf der Hitliste der allgemeinen Firmengesprächsthemen rangieren sie direkt hinter der Luxusyacht auf Platz zwei. Die *Zahlen*, damit ist all das gemeint, was mit den Einnahmen des Unternehmens und der Differenz zwischen Einnahmen und Ausgaben zu tun hat. Das Unternehmen schreibt gute oder schlechte *Zahlen*. Die *Zahlen* können sich auch auf den einzelnen Berater beziehen, der gut oder schlecht produziert. Wer das Zauberwort benutzt, zeigt, daß er im Trend liegt, daß er weiß, wo dem Unternehmen der Schuh drückt. Die *Zahlen* sind für das Unternehmen gewiß immer schon von erstrangiger Bedeutung gewesen, aber dieses Thema wurde bislang hinter verschlossenen Türen verhandelt: im individuellen Gespräch zwischen Geschäftsstellenleiter und Berater oder zwischen Regionalleiter und Geschäftsstellenleiter, auf Vertriebstagungen, auf Regionalleiterkonferenzen, im engsten Führungskreis. Jetzt sind die *Zahlen* mit einem Schlag aus ihrem Schattendasein herausgetreten.

Das Bedürfnis, über die *Zahlen* zu sprechen, kennt keine Grenzen. In jeder Situation kann es hervorbrechen, zum Beispiel beim Mittagessen in der Kantine. Unser aller Chef ist wieder einmal da, heimgekehrt von einer seiner zahlreichen Unternehmungen. Er sitzt an dem ihm vorbehaltenen Tisch hinten in der Ecke. Von dort aus übersieht man das gesamte Kantinengeschehen am besten. Als einziger benutzt der Chef eine Stoffserviette und Silberbesteck, als einziger läßt er sich und seinen persönlichen Gästen das Essen vom Kantinenpersonal servieren, anstatt es sich vorn abzuholen. Einem Berater, der das Mittagsmahl einige Tische weiter zu sich nimmt und der zufällig in sein Blickfeld gerät, ruft er unvermittelt zu – wobei seine gellende Stimme im seltsamen Gegensatz zu seiner feinen Art zu speisen steht: Er habe sich gestern die *Zahlen* angesehen; die sähen ja nicht so gut aus, und sie müßten wieder besser werden. Für einen Augenblick unterbrechen alle Anwesenden ihre Nahrungsaufnahme. Der angesprochene Berater wird rot, als habe ihm soeben jemand die Ohren langgezogen, dabei dürften mit der Kritik nicht einmal seine persönlichen *Zahlen* gemeint sein, denn er ist bekanntermaßen einer der umsatzstärksten Vertriebsleute. Die lautstarke Beanstandung der *Zahlen* bezieht sich offensichtlich auf die prekäre Gesamtsituation des Unternehmens, sie ist eine allumfassende Mahnung, grundsätzlich soll sich jeder Mitarbeiter davon angesprochen fühlen. Zugleich ist die Beanstandung ein hinter der Fassade jovialer Grobheit versteckter Hilferuf dessen, der die letzte Verantwortung für das Wohl und Wehe des Unternehmens trägt. Der Druck im Kessel steigt an, die Rede von den *Zahlen* ist eines der Ventile.

Geschäftsstellenleiter betonen, daß ihre jeweilige Geschäftsstelle mit ihren *Zahlen* ordentlich/erfreulich/super dastehe – die *Zahlen* als positiver Motivator. Andere lassen im kleineren Kreis verlauten, daß die Jahresplan*zahlen*, wenn es so weiterginge, nicht erreicht würden und daß noch viele Lebensversicherungen, im Beraterjargon *LVs* genannt, verkauft werden müßten, um an die gesteckten Ziele heranzukommen – die *Zahlen* als Antreiber und als Drohmittel.

Glaubte zuvor noch der eine oder andere, er arbeite zum Spaß, und dieser Spaß ziehe nach Dienstschluß wie von selbst einen gewissen materiellen Wohlstand nach sich, kann man sich nun kaum mehr der Einsicht verschließen, daß alle Arbeit zuletzt dem Zweck dient, dem Unternehmen zu einem zufriedenstellenden betriebswirtschaftlichen Ergebnis zu verhelfen. Das Ziel der Arbeit verkommt zu etwas Abstraktem: Menschliche Leistung mündet in nichts als in *Zahlen*. Woraus das meßbare betriebswirtschaftliche Resultat folgt, woraus das Unternehmen lebt, gerät zusehends zur Nebensache: die Genialität der originären Geschäftsidee, praktisch nur vermögende Menschen in finanziellen Dingen zu beraten, die konzeptionellen Anstrengungen von Einzelnen und von Teams, die persönliche Überzeugungskraft der Wirtschaftsberater, die unmittelbare Freude vieler Mitarbeiter an ihrer Aufgabe, das gewachsene Zusammengehörigkeitsgefühl in einer noch immer überschaubaren Firma – trotz rasanten überregionalen Wachstums in den letzten Jahren. Aspekte am Rand. Dagegen entsteht mehr und mehr der Anschein, das Unternehmen sei ein allein mathematischen Gesetzmäßigkeiten folgender Mechanismus, und man müsse nur an diesem und jenem Schräubchen drehen, um die *Zahlen*, die unten herauskommen, zu „optimieren". Das Unternehmen wird wie eine große Maschine zur Herstellung von *Zahlen* betrachtet – und zu dieser Maschinerie gehören auch die Menschen, seine wesentlichen Produktionsfaktoren.

Woher nur diese rasche Verbreitung des tristen Glaubens an die *Zahlen*? Genau läßt sich dies nicht ausmachen. Auffällig ist allein, daß seit geraumer Zeit junge Männer im Hause gesichtet werden, die in der Firma nicht angestellt sind, aber eng mit den Geschäftsführern verkehren. Alle Türen scheinen ihnen offenzustehen, alle Unterlagen scheinen ihnen zugänglich zu sein. Sie gehören einer Unternehmensberatung an, die, wenn man Gerüchten Glauben schenkt, den Laden einmal richtig auf den Kopf stellt und auf schlummernde Optimierungspotentiale hin überprüft. Doch viel ist nicht zu erfahren, gerade noch, um welches Consulting-Unternehmen es sich handelt – es ist eines der bekannten, die regelmäßig durch große Stellenanzeigen in überregionalen Zeitungen auf sich aufmerksam machen, und damit wohl auch eines der teuren. Die Männer tragen dunkle Anzüge, ihr Haarschnitt ist stets frisch. In der Kantine sitzen sie für sich allein oder mit oberen Hierarchen zusammen. An einem Smalltalk mit zufälligen Tischgenossen ist ihnen offenbar nicht gelegen. Manchmal läßt sich auch ein älterer Herr mit ihnen sehen, das ist sicher eine Art Anführer. Die Unternehmensberatung interessiert sich, wie man hört, fast ausschließlich für die *Zahlen* des Unternehmens. Wochenlang sind die Männer also mutmaßlich vor allem mit Rechnen beschäftigt. Ihr Auftrag besteht wohl darin herauszufinden, wie man Kosten spart, nicht, wie man mehr oder bessere Geschäfte macht. Sie erinnern mich an die grauen Männer aus Michael Endes Buch *Momo*, die anderen zwar nicht vorrechnen, wie man Geld, sondern wie man Zeit spart, aber wo liegt da schon der Unterschied? Wie die Männer von der *Zeitsparkasse* wirken auch die Mitarbeiter der Unternehmensberatung beschwert und humorlos. Ihre Stärke vermute ich im Abwägen, im Abgleichen ermittelter *Zahlen* mit theoretischen Unternehmensmodellen, im Streichen ‚unnötiger‘, das heißt ihrem Denken unverständlicher Posten, im Verfassen dickleibiger Gutachten, und ich bemerke, wie ich mich insgeheim mit ihnen vergleiche, ihre Arbeit auf mich beziehe, meine Arbeit gegen ihre möglichen Einwände zu rechtfertigen suche bzw. das, was mir von meiner Arbeit noch geblieben ist: die Ausbildung der Neuen, die inzwischen von ihrem Geschäftsstellenaufenthalt zurückgekehrt sind.

Daß neuerdings jede Aktivität in *Zahlen* übersetzt wird, stellt uns, *Aus- und Weiterbildung*, in der Tat vor besondere Probleme. Unsere Leistung ist mit Hilfe von *Zahlen* schlichtweg nicht einzufangen. Nach Jahren läßt sich mitunter bei einem Berater erst absehen, ob unsere Ausbildungsbemühungen Früchte tragen und ob wir mit unserer „Potentialeinschätzung" richtig gelegen haben. Und welchen Anteil des Erfolgs mag jemand nach so langer Zeit noch uns, den Helfern an der Wiege, zubilligen? Zwar läßt sich das Wissen, das jemand in seiner Grundausbildung angehäuft hat, unmittelbar messen. Aber viel Wissen führt nicht automatisch zu hoher, anhand von *Zahlen* nachprüfbarer verkäuferischer Leistung. Selbst ein breites Repertoire an Verkaufstechniken liefert dafür keine Gewähr. Jede Technik kann dermaßen unpassend eingesetzt werden, daß ihre Verwendung mehr Schaden anrichtet als die vollkommene Unkenntnis verkäuferischer Kunstfertigkeiten. Wenn man Erfolg haben will, kommt es unter anderem darauf an, die Möglichkeiten, die in den unendlich vielfältigen Gesprächen mit Kunden liegen, treffend einzuschätzen, und darauf, eine einmal als richtig erkannte Problemlösung über alle Stolpersteine hinweg bis zur vertraglichen Fixierung durchzufechten. Wer mag im nachhinein schon beurteilen, welchen Einfluß die Interventionen von einem oder zwei Ausbildern auf die spätere Flexibilität und Durchsetzungskraft eines voll entwickelten Verkäufers genommen haben?

Bisher nahmen wir den Erfolg der Gesamtheit der Wirtschaftsberater und -beraterinnen, die zum größten Teil von Förster und zu einem großen Teil auch schon von mir geschult wurden, pauschal als unseren Erfolg. Als Erfolg verbuchten wir ebenso unsere reichhaltigen, zum Teil freundschaftlichen Kontakte zu Mitarbeitern in der Zentrale sowie in nahen und fernen Geschäftsstellen, ebenso wie wir es als unseren Erfolg ansahen, als Gruppendynamiker langlebige Kontakte innerhalb der Traineegruppen mit angeregt zu haben: Wir fühlten uns als ein wichtiges Bindemittel, das hilft, die in viele verschiedene Städte versprengten Unternehmensteile zusammenzuhalten. Unsere Aufgabe sahen wir auch darin, zur Aufrechterhaltung der gemeinsamen Firmenkultur beizutragen. Doch durch die Streichung der Seminare hat man uns große Teile unserer Kommunikationsmöglichkeiten genommen. Es gibt weniger zu telefonieren, weniger zu organisieren, weniger zu betreuen, weniger zu schulen, kurz: es gibt inzwischen weniger Chancen, die sozusagen weichen Erfolge zu erzielen, auf die wir bislang eingeschworen waren. Bei jeder Gelegenheit läßt man uns spüren, daß auch unsere Arbeit jetzt unter dem Aspekt der *Zahlen* begutachtet wird. Vor allem eines scheint nicht mehr gefragt zu sein: das Gefühl, zu einer großen erfolgreichen Familie zu gehören, in deren Dienst man gern seine speziellen Talente und Fähigkeiten stellt.

Die Streichung der Seminare, das heißt eines Großteils des für Fortbildungen vorgesehenen Budgets, ist nur der Auftakt zu weiteren, ähnlich gelagerten Kostensenkungsmaßnahmen gewesen. Der nächste Brocken ist die Grundausbildung. Man hätte sie gern um ein Drittel kürzer. Das spart Manpower,

Hotelkosten, und die Neuen fangen schneller an zu produzieren, so glaubt man. Förster, der nach seinem Urlaub distanzierter als zuvor wirkt, erfüllt es mit unverhohlenem Widerwillen, daß wir nun auch noch das entscheidende Fundament unserer Arbeit unterhöhlen sollen. Vermutlich möchte er nicht persönlich zerstören, was er in jahrelanger Anstrengung aufbaute, denn er überläßt es mir, ein Konzept für die ,gestraffte' Grundausbildung zu entwerfen. Mir fällt dazu der Bauer ein, der seiner Kuh das Fressen abgewöhnt und sich dann wundert, daß sie keine Milch mehr gibt und ihr Leben bald aushaucht. Wenn ich mich auch bemühe, dort Schulungsstoff wegzuschneiden und zusammenzupressen, wo es am wenigsten weh tut, bleibt mir schließlich doch nichts anderes übrig, als mich strikt an das Drittel zu halten, das gekürzt werden soll – hier gibt es nichts mehr zu verhandeln. Ich bemerke, daß es viel leichter ist, etwas Bestehendes zu entstellen, als ein durchdachtes neues Schulungskonzept zu entwickeln. Mein Entwurf, besser: mein Abrißszenario wird ohne weiteres akzeptiert, worüber ich eine fragwürdige Genugtuung empfinde in dieser Firma, in der früher nichts ohne zahllose Rücksprachen und Korrekturen genehmigt wurde.

Die neue Sparleidenschaft wird auch dort ausgelebt, wo die Effekte äußerst gering sind. Personalchef Manzke, der praktisch jede noch so kleine Rechnung, die unseren Bereich betrifft, persönlich abzeichnet, erscheint eines Nachmittags vor meinem Schreibtisch – anstatt mich zu sich kommen zu lassen, wie es dem gewöhnlichen Standesdenken in der Firma entspräche – und beschwert sich darüber, daß Regionalleiter, die anläßlich eines Seminars in einem Hotel weilten, abends à la carte aßen. Manzke ist sichtlich aufgebracht. Dies sei mit dem Hotel nicht vereinbart gewesen. Es hätten, wie mittags, einige preisgünstigere Menüs zur Auswahl angeboten werden sollen. Ja, während der Seminare, da würden sich die Mitarbeiter auf Firmenkosten ein gutes Leben machen. Ich möge den Fall bitte mit dem Hotel klären. Es braucht mehrere Telefonate, um eine geringfügig reduzierte Rechnung zu erwirken. Danach folgt ein zweites Gespräch mit dem Personalchef, dem es um das ‚Prinzip' geht, das er mit erzieherischer Attitüde zu vermitteln sucht. In seiner Verantwortung als Geschäftsführer leidet er augenscheinlich unter den immensen Kosten, die die Luxusyacht laufend verursacht, ohne daß er sie beeinflussen kann. Wahrscheinlich, um überhaupt irgend etwas zu tun, weicht er auf diesen Nebenkriegsschauplatz aus. – Als ich während meiner Grundausbildung drei Monate lang in der norddeutschen Geschäftsstelle arbeitete, wurde über derartig kleine Beträge noch kein Wort verloren. Das Hotel, in dem ich wohnen wollte, konnte ich mir aussuchen. Die mir genannte Preisobergrenze ließ ordentliche Business-Hotels zu. Dazu kamen beträchtliche Fahrtkosten, die man mir pünktlich und anstandslos erstattete. Dabei hätte man mich zur Not auch in der Geschäftsstelle vor meiner Haustür einsetzen können. Nur paßte es vom Beratungsfeld her in Norddeutschland halt ein ganz klein wenig besser – damals durften inhaltliche Feinheiten, die den Bildungsbereich betrafen, noch durchaus etwas kosten. –

Natürlich halten auch wir es für sinnvoll, Kosten zu sparen, und wir fühlen uns beileibe nicht als Prasser. Wir ahnen, daß sich das Unternehmen in einer ernsten Schieflage befindet, und wir möchten nach besten Kräften bei der Entschärfung der Situation mitwirken. Und wir möchten auch, wenn es hart auf hart kommt, auf der richtigen Seite stehen, auf der Seite der *Zahlen*. Wir wollen selbst Gewinne für das Unternehmen erwirtschaften. Da gibt es zum Beispiel die alte Lieblingsidee von Förster, unsere Verkaufstrainings auch anderen, aus Konkurrenzgründen natürlich branchenfremden Firmen anzubieten. Zuerst würden wir unsere Arbeitskraft, vielleicht auch unsere Schulungsräume besser auslasten, später, wenn es gut läuft, würden wir mehr Trainer einstellen und unsere Trainings wären eine weitere interessante Einnahmequelle für das Unternehmen. Auf dem Lande, in einer reizvollen Umgebung, entstünde ein neues Trainingszentrum, das attraktive Kunden anzöge. Förster würde zum Geschäftsführer des neuen Bereichs berufen, und auch für mich würde eine Statusaufwertung abfallen. Doch diesen Zahn, den Trainingsbereich zu einem eigenständigen Geschäftsfeld auszubauen, hat man Förster schon vor einiger Zeit gezogen. Zwar findet der Inhaber die Idee grundsätzlich gut. Er besitzt sogar einen denkmalgeschützten Gutshof draußen vor der Stadt, der sich für einen entsprechenden Ausbau auf ideale Weise eignen würde. Aber zwischen dem tatenlustigen Unternehmer und dem Trainingsbereich existieren Kräfte, die Förster, der sich als Abteilungsleiter schon lange unterfordert fühlt, offenbar nicht weiter hochkommen lassen wollen. Mit der Bindung aller verfügbaren Kapazitäten durch die Yacht läßt sich denn auch denkbar leicht begründen, daß man sich nicht noch ein weiteres Großprojekt aufhalsen wolle.

Vor allem Manzke ist alles andere als ein Förderer von Förster. Der große, schwerblütige Personalchef, der meist finster und grau dreinschaut (weshalb manche ihn auch den „Totengräber" nennen), der die Eignung von Bewerbern prüfen zu können glaubt, indem er selbst fast pausenlos mit seiner sonoren Stimme auf sie einspricht, der, so hat es wenigstens den Anschein, nur widerstrebend die Gedankengänge anderer in seine Überlegungen zu integrieren bereit ist, der auf der anderen Seite aber in seinen eigenen Aktivitäten eine elefantenhafte Beharrlichkeit an den Tag legt, die ihm im wesentlichen den Geschäftsführerposten eingetragen haben dürfte, dieser Manzke kommt nur schwer zurecht mit Försters heller Intelligenz, mit der Kreativität und dem beunruhigenden Ausstoß von Schulungskonzepten, Gesprächsleitfäden etc., die der junge, einst frisch und frech von der Universität gekommene Schulungsmensch ausstößt und die per Verteiler als wahre Papierfluten über Manzkes Schreibtisch hinwegjagen. Vielleicht ist Manzke der geistigen Schärfe des Newcomers nicht gewachsen, vielleicht findet er es einfach schwierig und unangenehm, den umtriebigen Förster zu kontrollieren. Vielleicht hat jedoch auch Förster, als er noch nicht lange in der Firma war, das eine oder andere Mal die Zurschaustellung seines Selbstbewußtseins übertrieben, anfänglich wohl das eines erfolgsverwöhnten Wissenschaftlers, der die eigene Methode, Probleme anzugehen, für die allein richtige hält und sie mit allen Mitteln verteidigt. Und vielleicht brach aus Förster in einem Augenblick intelligenten Polemisierens in illustrer Runde auch einmal etwas deplaziert Jugendliches heraus, und er bezeichnete abwesende Kollegen, die die Dinge anders beurteilten als er, kurzerhand als ‚Pfeifen‘, was er unter Umständen besser nicht getan hätte. Denn möglicherweise hat Manzke ihm dies oder etwas Ähnliches bis heute nicht verziehen. Eine andere interessante Frage ist freilich die, ob überhaupt schon einmal jemand aus der Obhut Manzkes heraus einen bemerkenswerten Aufstieg in der Firma geschafft hat: Nach einem solchen Fall wird man vergeblich suchen. Zuletzt ist es womöglich also gleichgültig, was man tut oder unterläßt, wenn man diesen Personalchef zum Vorgesetzten hat – am Ende bleibt man als Stabsmensch ohnehin da stehen, wo man nach der Unterzeichnung des Arbeitsvertrages von Manzke hingestellt wurde, und erträgt, bis man wieder geht, die Befehle dieses schwer einzuschätzenden Mannes.

Wie wenig Manzke und Förster auf einer Wellenlänge liegen, hätte mir schon während meines Einstellungsgesprächs auffallen müssen. Die beiden, die mir gegenüber in der grauvioletten Sitzgarnitur Platz genommen hatten, nahmen nur selten Blickkontakt miteinander auf. Manzke schien, während Förster mir das Unternehmen und meine zukünftige Aufgabe in rosigen Farben schilderte, abwechselnd eigenen Gedanken nachzuhängen und sich über den werbenden Eifer des Abteilungsleiters zu wundern. Förster sah, während Manzke seinerseits seine standardisierte Unternehmenspräsentation abließ, gelangweilt auf den Boden, aus dem Fenster oder auch, so kam es mir vor, verständnisheischend in meine Richtung. Mir blieb Manzke im ersten Gespräch eher fremd. Für mich war er ein gesetzter Mittfünfziger, dem der langjährige Aufenthalt in der Geschäftswelt die Schnörkel einer persönlichen Existenz abgeschliffen hatte und der nur mehr als ein unendlich fernes massiges Gestirn im Kosmos des Wirtschaftslebens gegenwärtig war und dort seine Bahnen zog, unbeeindruckt von privaten Alltäglichkeiten. Ein solcher Berufsmensch war ich noch nicht, weshalb ich mit ihm wenig anzufangen wußte. Daß er ein reiches Familienleben pflegen könnte, war mir zu jenem Zeitpunkt unvorstellbar. Meinem Verständnis zugänglich fand ich während dieser ersten längeren Zusammenkunft lediglich sein konsequentes Bestreben, Nägel mit Köpfen zu machen, denn das hatte unmittelbar mit dem Thema Verkaufen zu tun, welches ja auch mein Thema war. Nachdem ich mein grundsätzliches Jawort gegeben hatte, die Stelle zu den ausgehandelten Konditionen antreten zu wollen, brachte er mich auf bewundernswerte Weise dazu, den Vertrag noch im Verlaufe desselben Gesprächs zu unterschreiben. Eigentlich hatte ich noch eine Nacht darüber schlafen wollen. Aber wäre nicht jedes Nachdenken, Zögern, Rückversichern ein Akt frühzeitigen Mißtrauens gegenüber einem Arbeitgeber gewesen, mit dem ich doch eine langfristige und zuversichtliche Bindung eingehen wollte? Diesen Eindruck verstand Manzke durch entsprechendes Fragen nach meinen Vorbehalten und indem er mich fest und ruhig ansah, brillant zu vermitteln. In diesem Sinne war er ein erstklassiger Verkäufer seiner Ware mit Namen Arbeitsvertrag.

Förster hatte mich aus der Zahl der Bewerber für die Stelle seines Referenten ausgesucht, und er war dafür eingetreten, daß die mir angebotene Bezahlung meiner Qualifikation und den Anforderungen der Aufgabe entsprach. Das niedrigere Angebot, das mir Manzke zunächst gemacht hatte, hatte ich rundweg ausgeschlagen, um mich nicht unter Wert zu verdingen. Wäre ich auch Manzkes Favorit für diese Stelle gewesen? Irgendwann im Verlaufe des Einstellungsgesprächs sagte er, er finde, daß ich noch sehr jung aussehe. Ich nahm an, er wollte mit dieser Äußerung meine Standfestigkeit testen, und ich berichtete deshalb über meine einschlägigen Erfahrungen in der Trainingsarbeit. Im nachhinein kann ich mich jedoch des Eindrucks nicht erwehren, daß er mit seiner Äußerung ein für allemal den Platz bezeichnete, den er mir zu-

zuweisen gedachte: Er akzeptierte meine Kenntnisse und meine Praxis, erworben durch viele kleinere Trainingsjobs in der Erwachsenenbildung, die ich während des Studiums und der Ausbildung angenommen hatte. Andernfalls hätte er mich ja nicht auf die angehenden Berater loslassen können. Auf der anderen Seite legte er mich auf die Rolle des im Hinblick auf die Spielregeln einer Organisation ziemlich unerfahrenen Mitarbeiters fest, der noch sehr, sehr lange brauchen würde, bis er genügend Erfahrung gesammelt hätte, um in anspruchsvollere Funktionen aufrücken zu können. Ich wurde als das noch jüngere Anhängsel eines jungen Abteilungsleiters eingestuft, als der Schatten dessen, der nicht weiter hochkommen sollte, unterm Strich also als eine verschwindend kleine Nummer. Mir wurde suggeriert, die Leistung nehme proportional zur Anzahl der Falten im Gesicht und der grauen Haare auf dem Kopf zu. Die Gesinnung, die solches Denken in mir vorbereitete, war die des Protests. Zugleich erkannte ich den Wert der Erfahrung meiner Gesprächspartner sehr wohl an und fühlte mich gebauchpinselt, daß so kundige Männer wie Manzke und Förster mich als ihren Mitarbeiter gewinnen wollten. Offenbar nahmen sie einiges Potential an mir wahr und hielten mich auch für ganz umgänglich. Angestellt zu sein hieß damit, daß ich mich gegenüber dem Studium, wo ich in der Masse unterging und wo allein meine Arbeitsergebnisse in Form von Hausarbeiten und Klausuren zählten, ab jetzt ungewohnt stark damit auseinandersetzen müßte, was einflußreiche Funktionsträger über mich als Person aus Fleisch und Blut denken, was sie mir zutrauen und in welchem Maße sie mir Sympathie entgegenbringen. Davon hing ab, ob und wie sehr ich meinen Aktionsradius später würde vergrößern dürfen und in welchen Abständen ich Geld genug beisammen hätte, mir einen neuen Wagen und neue Anzüge kaufen zu können. Neben der Leistung zählte künftig Wohlverhalten. Anpassung war gefragt, allerdings nicht bis hin zur Profillosigkeit, denn die ist keine Empfehlung für eine angehende Führungskraft; also könnte man die gewünschte Qualität Diplomatie nennen.

Im Augenblick ist es – aus welchen Gründen auch immer – auf jeden Fall nicht gewollt, daß Förster und ich eine Firma in der Firma gründen und mit unseren Trainings eigenständig an den Markt gehen. Wir müssen versuchen, unser Erfolgsbedürfnis anderweitig zu stillen.

Wir verfügen noch über eine weitere Möglichkeit, handfeste *Zahlen* zu schreiben. Sie besteht darin, selbst als Verkäufer aufzutreten. Als Trainer bemühen wir uns schon immer um Verkaufsnähe. Wir wollen wissen, was die Kunden gerade bewegt und welche Strategien ein guter Verkäufer anwendet, um auf die aktuellen Visionen und Nöte der Zielgruppen einzugehen. In unserer eigenen Ausbildung haben wir einige Verkaufserfahrungen gesammelt. Noch immer hospitieren wir von Zeit zu Zeit bei Kundengesprächen, was gute Verkäufer freut, da sie sich von Angesicht zu Angesicht mit dem Kunden so richtig in ihrem Element zeigen und im Anschluß an das Gespräch Komplimente einheimsen können. Zu jedem Gespräch können wir einen klugen Kommentar liefern. Man behandelt uns wie kompetente Gesprächspartner. Wir verfolgen die Neuigkeiten in der Finanzdienstleistungsbranche, die die Fachabteilungen recherchieren, und machen hin und wieder selbst eine Versicherungs- oder Geldanlageberatung, um nicht einzurosten. Nichts liegt näher, als die Leerläufe, die durch die Schulungsausfälle entstanden sind, für einen systematischen Wiedereinstieg in den Vertrieb zu nutzen. Als Trainer würden wir noch praxiserprobter, und geradezu genial wäre es, wenn wir unser eigenes Gehalt durch die Provisionen, die wir für das Unternehmen hereinholen, selbst *ins Verdienen bringen* könnten – so ein neuer geflügelter Ausdruck, der gleichzeitig mit der unablässigen Rede von den *Zahlen* Einzug in das Unternehmen gehalten hat.

Sofern die nötige Präsenz in unserer Abteilung gewährleistet bleibt, hat Manzke nichts gegen unseren Wunsch einzuwenden, in den Verkauf einzusteigen – es ist ja wirklich ein harmloses Unterfangen. In der ortsansässigen Filiale steht gerade ein Büro leer. Förster und ich können es abwechselnd nutzen. Der andere bleibt jeweils in der Zentrale. Wir bekommen die Unterlagen von lange vernachlässigten Altkunden, die zu reaktivieren wären, und von Interessenten, die bisher von keinem der anderen Berater telefonisch kontaktet wurden.

Unser Schachzug birgt jedoch unvorhergesehene Gefahren in sich. Unsere Aufgabe verliert ihr Profil, unsere Identität gerät ins Trudeln. Wir möchten gern zeigen, daß wir sowohl begnadete Trainer als auch großartige Verkäufer und damit für das Unternehmen absolut unverzichtbar sind. Dieser Schuß kann auch leicht nach hinten losgehen. Wir dürften mit der Aufnahme einer zweiten Tätigkeit auch dem letzten zur Einsicht verholfen haben, daß wir als Trainer nicht mehr ausgelastet sind, daß unsere Abteilung aktuell demnach definitiv überbesetzt ist. Wie unverzichtbar werden wir nun wirklich als Verkäufer sein? Unversehens ist aus unserem Erfolgswunsch ein akuter Erfolgszwang geworden. Das Akquisematerial, das man uns zur Verfügung gestellt hat, ist nicht gerade das verheißungsvollste: Wo unmittelbar Geschäft hätte gemacht werden können, hätte es einer der anderen Berater vermutlich schon abgeschöpft, bevor wir aufgetaucht sind. Das bedeutet, daß wir, selbst wenn wir gut sind, eine Phase längerfristiger Geschäftsanbahnung vermutlich nicht werden überspringen können.

Die Berater in der Filiale verfolgen unser Treiben mit Neugier. Was taugen unsere Rezepte in der Realität? Wie ist es um unsere Flexibilität bestellt? – In der telefonischen Akquise erreiche ich eine ganz passable Terminausbeute. Die ersten persönlichen Gespräche bringe ich in der Folge allein hinter mich, um mich ein bißchen auszuprobieren, dann hospitiert ein junger, ungemein abschlußstarker Berater bei mir, ein Schauspieler, Analytiker, Prediger, Mensch, Kumpan, je nachdem, was der Kunde gerade braucht. Jede fachliche Unsauberkeit, die ich mir im Verkaufsgespräch geleistet habe, deckt er im Nachgang schonungslos auf. Er zeigt mir, wie er eine kritische Situation, die mir Minuspunkte einbrachte, gemeistert hätte, und er läßt keinen Zweifel darüber, wer am Ende der bessere Berater ist. Mir steht Bescheidenheit an.

Zum Glück kann ich nach einer Zeit die ersten kleineren Abschlüsse vorweisen. Es läuft ordentlich an, ohne daß man direkt sagen könnte, daß das Geschäft bei mir schon *brummt*. Ich führe die Abschlüsse langsam herbei, aber relativ sicher. Förster hat eine höhere Erfolgsquote, dafür sind seine Abschlüsse stornoanfälliger als meine. In den Ergebnissen spiegelt sich das wider, was wir ohnehin schon über unsere unterschiedlichen Verkaufsstile wissen. Insgesamt schreibt Förster die besseren *Zahlen*, auch das ist keine Überraschung.

Hin und wieder muß ich im Vertrieb eine handfeste Niederlage einstecken – gewöhnliches Verkäuferschicksal. Ein Interessent kommt nach mehreren Gesprächen mit sich überein, daß er ganz bestimmt nicht abschließen wird, oder, was schlimmer ist: Länger höre ich nichts von ihm, und als ich ihn anrufe, um ihn an seine Kaufabsicht zu erinnern, erfahre ich, daß er bereits mit einem Konkurrenzanbieter einig geworden ist. Von meiner Profession her habe ich den Anspruch, positiv zu denken und aus Fehlern konkrete Lehren zu ziehen. Doch für lähmende Augenblicke gewinnen die Killerphrasen in meinem Kopf die Oberhand: Du bist ein schlechter Berater. Als Trainer bist du ein reiner Theoretiker. Du bist ein Blender, und du solltest hoffen, daß dies lange niemandem auffallen wird.

Auf zwei Hochzeiten zu tanzen hat indessen auch seine schönen Seiten. Die Feuerprobe ist bestanden, als die ersten Lebensversicherungen verkauft sind. Die grundsätzliche Akzeptanz in der Beraterschaft ist nun gesichert. Ich werde fachlich besser, knüpfe Kontakte zu Kollegen, mit denen ich bisher nichts zu tun hatte, und gewinne dadurch Zugänge zu neuen Informationsquellen. Als Zentralist weiß ich ohnehin über den einen oder anderen interessanten Klatsch zu berichten, so daß ich mich in den subkutanen Informationsstrom der Firma, der dem Gesetz des Gebens und des Nehmens folgt, besser einklinken kann als zuvor. Ein behagliches Gleichgewichtsgefühl stellt sich ein. Die Tage sind wieder sinnvoll gefüllt, die Langeweile ist vorbei.

Das Harmoniegefühl hält jeweils so lange an, wie ich das, was ich tue, für wichtig halte. Am Kopierer begegne ich zum Beispiel Uwe, der in der Marketing-Abteilung arbeitet. Vom Rang her sind wir in etwa gleich eingestuft. Er war der erste in der Firma, der mir das Du anbot. Wir haben so ziemlich eine Wellenlänge: einen ähnlichen Bürstenschnitt, eine Vorliebe für *BOSS*-Anzüge, wir finden den gleichen Frauentyp attraktiv und sind beide begeisterte Fahrer leistungsstarker Kleinwagen. Mittags haben wir uns schon mal in ein Restaurant abgesetzt. Unsere Beziehung erhält zusehends eine private Note, die Uwe meisterhaft zu inszenieren vermag. In Abständen setzen wir uns zusammen, um eine neue Form der Kundenansprache zu entwerfen; dieses kleine Vorhaben verfolgen wir en passant schon seit Monaten. Doch heute führt ihn Dringenderes an den Kopierer, das sehe ich ihm an. Uwes Augen wirken ein wenig kleiner als sonst, die Wangen eingefallener. Er hält einen Farbprospekt von der erstklassigen Papierqualität in der Hand, die praktisch allein dem Werbematerial für die Mittelmeertrips vorbehalten ist. Es geht um eine neue Aktion, die die Teilnahme an den Wochenenden noch reizvoller machen soll und die er mit vorbereitet. Mit seinen Kopien muß es unheimlich schnell gehen, denn gleich hat er noch eine Besprechung, an der auch Geschäftsführer teilnehmen werden und in der über bedeutende Dinge, die mit der Yacht zu tun haben, entschieden werden soll. Heute nachmittag fliegt er schon wieder mit ans Mittelmeer. Sein Pilotenkoffer steht bereits gepackt im Foyer.

Obwohl Uwe für den Weg zur Arbeit fast eine Stunde braucht, ist er morgens immer schon sehr früh im Haus, und er verläßt es abends meist außergewöhnlich spät. Er wirkt von seiner Arbeit völlig aufgesogen. Seine Abteilung ist konzeptionell stark in das Mittelmeerprojekt eingebunden. Er und die übrigen Marketingleute investieren ihre geballte Durchsetzungskraft, unzählige Überstunden, gewiß auch viel Herzblut in das Projekt. Wenn es um Details geht, hält Uwe sich mir gegenüber allerdings bedeckt. In unseren Gesprächen ist die Yacht so gut wie tabu. Uwe reagiert trotz unseres guten Kontaktes empfindlich, wenn ich als Angehöriger einer unzuständigen Abteilung ihm gegenüber auch nur ansatzweise meine eigenen Bedenken und Vorschläge entwickle. Diese mit mir zu diskutieren wäre für ihn vielleicht zu zeit- und energieraubend – oder projiziere ich da nur meinen Unwillen, mich mit meinem Schmerz zu konfrontieren und ein offenes Gespräch mit ihm durchzustehen, in ihn hinein? Vermutlich sind wir zuletzt beide an diesem Punkt ein bißchen sensibel.

Beim Mittelmeerprojekt geht es nicht nur um die Lösung nackter Sachprobleme, es hängen auch Karrieren daran. Mir kommt es vor, als sei Uwe gewillt, das Projekt so gut wie möglich zu nutzen, um sich zu profilieren. Wo es um die Yacht geht, da ist Action, da werden Etats und Menschen gehandled, und da ist Uwe, der Strahlemann, der auserwählte Präsentator seiner selbst und einer jung-dynamischen Absatzphilosophie. Verglichen mit ihm, fühle ich mich vom strategischen und operativen Zentrum des Unternehmens um Lichtjahre entfernt. Meine gegenwärtige Aktivität erscheint mir, führe ich mir Uwes Aufgaben vor Augen, als Scheinbetätigung, als Beschäftigungstherapie für einen Frustrierten.

Dafür hat Förster uns noch ein weiteres erfreuliches Hintertürchen aufgestoßen. Er hat bei Manzke erreicht, daß wir eine freiberufliche Nebentätigkeit als Trainer aufnehmen dürfen. Zunächst können wir unsere Urlaubstage darauf verwenden, später ist auch eine zeitweilige, vielleicht sogar bezahlte Freistellung vom Arbeitsplatz drin. Wir nehmen Kontakte zu Weiterbildungsinstituten auf. Förster gelingt es, zeitnah eine Seminarleitung zu übernehmen, die ihm ein paar Tausender extra einbringt. Eine solche Gelegenheit erhalte ich zwar nicht so rasch, aber immerhin zeigt sich eine Firma an meiner Mitarbeit interessiert. Manzke scheint also doch noch ein Ohr für unsere Anliegen zu haben. Daß er uns mit seiner überraschenden Toleranz den Ausstieg aus der Firma erleichtern will, halte ich nicht für wahrscheinlich. Wir leben wie in einem Wechselbad erfreulicher und betrüblicher

Begebenheiten. Wir wissen nicht, woran wir sind, was man mit uns vorhat bzw. was man mit uns auf keinen Fall vorhat.

Die Gerüchte, die in der Firma kursieren, seit die Unternehmensberatung im Haus ist, verdichten sich. Es heißt, einschneidende Veränderungen stünden bevor. Die Analysen sollen ergeben haben, daß das Unternehmen einen Wasserkopf hat: Im administrativen Bereich müsse massiv Personal abgebaut werden. Die Geschäftsstellen sollen, wie man hört, künftig als Profitcenter geführt werden. Außerdem spricht man davon, daß gerade ein neuer Gesellschafter auf den Plan trete, der den hohen Kapitalbedarf des Unternehmens zu dekken gewillt sei. Das könnte heißen, daß wir aufgekauft werden!

Zwischenzeitlich haben Förster und ich unsere neuen Büros bezogen. Sie sind sehr großzügig dimensioniert, so daß wir sie auch als Gruppenräume und für kleinere Schulungen wie Gesprächssimulationen oder Telefontrainings nutzen können. Damit mein Raum nicht so unbewohnt aussieht, habe ich einen großen Farn von zu Hause mitgebracht und ihn in einen weißen Kunststoffkübel plaziert. Vom Schreibtisch aus fällt mein Blick auf die Pflanze, die ich vor Jahren geschenkt bekam und die, ohne daß ich mich besonders bemüht habe, prächtig gediehen ist. Ich hoffe, auch hier wird es ihr gutgehen. Die sich entrollenden, saftigen Triebe, Sinnbilder des Lebens für mich, heben sich wohltuend von den nichtssagenden Büromöbeln und der kalt-weißen Rauhfasertapete ab.

III

* 1. Oktober, ein Junge, 7 1/2 Pfund: Illusionen eines Ernährers

Der Frauenarzt sagt, es sei alles in Ordnung. Er wollte, daß ich Marike kurz vor der Geburt noch einmal zu einer der Voruntersuchungen begleite. Da sitze ich nun im Sprechzimmer etwas abseits auf einem kleinen drehbaren, ehemals weiß gestrichenen, im Laufe der Zeit vergilbten Schemelchen, während der Arzt überprüft, wie es mit Marike und dem Kind steht. Ein Hauch von Entstehen und Wachsen, auch von Schicksal erfüllt die Praxis. Eine Wand im Wartezimmer ist voll von Geburtsanzeigen und Fotos schlafender, schauender, schreiender Säuglinge, an den anderen Wänden hängen von Kinderhand gemalte Bilder in Wachs- oder Wasserfarben. Als Lektüre liegen Elternzeitschriften, Berichte von der Geburt, Bücher über Erziehung auf dem Tisch. Vor allem ein tantrisches Geburtsbuch hat eben noch meine Aufmerksamkeit gefesselt: Zeugung und Geburt erscheinen darin als Ausdruck spirituellen Lebens, als Ausdruck menschlicher Teilhabe an der kosmischen Energie. Schöne Zeichnungen der Harmonie von Mann und schwangerer Frau zieren den Band; die Frau wird zur Künderin universeller Fruchtbarkeit, fast schon eine Gottheit, der Mann begleitet sie, bewundert sie.

Die meisten Frauen, die in diese Praxis kommen, sind etwa in Marikes Alter, viele sind ebenfalls schwanger. Einige haben ihre kleinen Kinder mitgebracht, die sich mit den zur Verfügung gestellten, durch rege Benutzung arg mitgenommenen Spielen beschäftigen. Ich habe heute früher Schluß gemacht und bin direkt von der Arbeit hergekommen. Mit Wollhose, weißem Hemd und Krawatte fühle ich mich hier recht fehl am Platze. Ich komme mir vor wie ein vor dem Kreißsaal wartender Papa in spe aus einem Spielfilm der fünfziger Jahre (nur ein Strauß roter Rosen fehlt mir) oder wie jemand, dem es einsam zumute wird, wenn er sieht, wie andere ein komplettes Leben mit all seinen vielfältigen Variationen führen, während er selbst nur dem Geld nachläuft und dabei innerlich verkümmert. Die Welt der Anzüge, das glaube ich zu spüren, gilt hier nicht besonders viel. Den obersten Hemdknopf zu öffnen und die Krawatte zu lockern lindert das Unbehagen nur wenig.

Das Mobiliar in der Praxis ist einfach und improvisiert. Die medizinischen Apparaturen dürften dagegen auf dem aktuellen Stand der Technik sein, so das neuangeschaffte Ultraschallgerät, das im Laufe der letzten Monate das alte ersetzt hat und das nach Aussage des Arztes ganz ordentliche Bilder liefert. Auf dem kleinen Bildschirm verfolgen wir die Bewegungen des sich entwickelnden Menschen, der so nah ist, so vertraut und der sich zugleich in einer fernen Welt aufhält, die meinem Begreifen vollständig entzogen ist. Auch Marikes Empfindung des Zusammenseins mit dem Kind ist mir letztendlich verborgen, trotz vielmaligen Handauflegens und Horchens, trotz unserer Gespräche und trotz des Geburtsvorbereitungskurses für Paare, den wir einmal pro Woche besuchen.

Mit ruhiger Stimme gibt der Gynäkologe Marike Ratschläge für die Geburt, und mich fordert er auf, ihr zur Seite zu stehen und sie zu unterstützen, egal welche Wünsche sie mir während der Entbindung zu verstehen gebe. Er ist ein besonnener Mann, der gewiß schon viel erlebt hat. Die Praxis betreibt er schon seit vielen Jahren, und in dieser Stadt ist er einer der wenigen Ärzte, die bereit sind, Hausgeburten zu begleiten – für diesen Weg hat sich Marike allerdings nicht entschieden. Aus Gründen der Vorsicht, die ich vollkommen teile, will sie das Kind im Krankenhaus bekommen, ambulant, sofern es ihr Zustand erlauben wird. Nach der Untersuchung setzt sich der Arzt an den alten, mit lila Kunststofffolie beklebten Schreibtisch, um in Marikes Mutterpaß ein paar Eintragungen zu machen, und er bittet auch uns, Platz zu nehmen. Ein Ozean von Zeit scheint vor und hinter ihm zu liegen. Seine Wohnung hat er in einem der oberen Stockwerke des Hauses. In Situationen der Unsicherheit ist er auch abends und am Wochenende immer erreichbar, so haben wir es auf jeden Fall erlebt. Nie hatten wir das Gefühl, daß wir ihn stören. Er spricht nun über die ersten Wochen nach der Geburt: über die Ansprüche, die das Baby an uns stellen wird, und darüber, daß Marike genügend Gelegenheit brauchen wird, sich nach der Anstrengung zu erholen. Gerade dieser Punkt werde oft vernachlässigt, wenn die jungen Mütter direkt nach der Entbindung wieder nach Hause fahren. Marike solle sich entspannt um das Kind kümmern, alles andere müsse ich regeln. Wie ein großes Über-Ich hat mir der Arzt damit mitgeteilt, was er und überhaupt alle fortschrittlichen und verantwortungsbewußten Kräfte dieser Gesellschaft von mir erwarten: Wir werden eine Familie sein, und in der werde ich ganz bestimmte Pflichten haben. Von nun an werde ich für mehr einstehen müssen als für mich allein, und ich werde mich selbst nicht mehr ohne weiteres so definieren können, wie ich es gerade persönlich für richtig halte. Der Berufsmensch in mir wird zukünftig nicht mehr dominieren dürfen, sondern er wird dem Familienmenschen sehr viel Platz einräumen müssen. Und dennoch wird der Berufsmensch seine Sache mindestens ebenso gut machen müssen wie bisher, denn er wird auf einige Zeit hinaus drei Menschen zu ernähren haben.

Immer ausschließlicher fühlte ich mich seit meiner Anstellung als Berufsmensch. Gewissermaßen einen Quantensprung hatte in dieser Hinsicht der dreimonatige Aufenthalt in Norddeutschland während meiner Beraterausbildung bedeutet: Im Verlauf der Woche versagte ich mir praktisch jedes Privatleben, um den Aufenthalt optimal zu nutzen. Bis zum Anbruch des Abends, also so lange, wie man fremde Leute anrufen kann, ohne ihre Privatsphäre allzusehr zu verletzen, saß ich am Telefon, um Beratungstermine zu akquirieren. Später im Hotel aß ich noch etwas, schaute mir die *Tagesthemen* an, studierte den Versicherungsratgeber eines Verbraucherschützers und ähnliches, damit ich auch die Argumente der anderen Seite kennenlernte, und las danach in Romanen, um den Kopf von dem Finanzkram wieder freizubekommen. Spät legte ich mich schlafen, um am nächsten Morgen leicht übernächtigt aufzustehen und in die Geschäftsstelle zu fahren, nachdem ich mich mangels Appetit vom üppigen Frühstücksbuffet wieder einmal nur spärlich bedient hatte. Das Hotel, obgleich ein Familienbetrieb und reichlich mit grünen Pflanzenoasen sowie wohlgesetzten Wasserspielen gesegnet, blieb eben doch eine Schlaffabrik; ich konnte darin für keinen Augenblick vergessen, daß ich mich an diesem Ort befand, um ein spezialisierter Funktionsträger zu werden. Die Kollegen in der Filiale waren herzlich, dabei aber auch strenge Ausbilder, die dem jungen Trainer das Gefühl gaben, er habe noch verdammt viel zu lernen, bevor er einem Berater zeigen könne, wo es langgeht.

Zurück an meinem Wohnort, verbrachte ich zwar wieder ab und zu einen Abend mit Freunden, aber der Kreis, in dem ich verkehrte, zog sich aus verschiedenen Gründen immer enger zusammen. Neue Bekanntschaften knüpfte ich außerhalb der Firma nur noch sehr wenige, so daß es bis auf Marike und mein Elternhaus bald kaum noch stabile Anlaufpunkte für mich gab. Eine Rolle spielte in diesem Prozeß auch eine schwere Krankheit meines Vaters, die mein Dasein mit einem ungekannten Ernst überzog.

Die Firma wurde zu einem immer wesentlicheren Bestandteil meiner alltäglichen Erfahrungswelt. Gänge, Büros, Akten, der PC, das Wiedervorlagesystem, das Telefon beschäftigten Augen und Ohren. Das Arbeitsleben brachte mich mit Menschen zusammen, die mich interessierten, weil sie so anders waren, sich zumindest so anders gaben als die, mit denen ich vorher im Studium zusammengetroffen war oder zu denen ich anderweitig Kontakt hatte. In der Firma war es gewünscht, sich repräsentativ zu kleiden, denn in jedem Augenblick könnte höchster geschäftlicher Besuch in der Zentrale eintreffen, und immer war damit zu rechnen, daß die Vertrauenswürdigkeit des Unternehmens nach dem Äußeren der Mitarbeiter eingeschätzt wurde. Jede und jeder hielt sich an die eigentümlich ehrgeizige Kleiderordnung, auch mich zog sie in ihren Bann, und alle schienen sich gern daran zu halten. Sämtliche Mitarbeiter strahlten sozusagen. Dazu bewegten sie sich sportlich, als hätten sie allzeit ein nahes Ziel vor Augen, das zu erreichen sie noch glücklicher machen würde, als sie es ohnehin schon jetzt waren, weshalb sie möglichst schnell darauf zuliefen. Der Wohlstand, den diese Dynamik hervorbrachte, schien allen Akteuren recht zu geben. In dieser von Selbstbewußtsein strotzenden Welt schien es keinen Zweifel und kein Zaudern zu geben. Beißende Scherze – dies war die Kehrseite – wurden indessen mit demjenigen getrieben, der sich verletzlich zeigte oder der sich der Geschwindigkeit, die hier herrschte, nicht gewachsen zeigte, indem er sich zum Beispiel als nicht sonderlich schlagfertig erwies. Ich mochte von diesem elitären Zirkel von Vertriebsathleten halten, was ich wollte – solange ich hier arbeiten wollte, existierte für mich die doch auch erregende Notwendigkeit, eine entsprechende Reaktionsfähigkeit zu entwikkeln und aufrechtzuerhalten. In der Firma von Tag zu Tag zu bestehen empfand ich als eine Art Schule des erfolgreichen und gewinnträchtigen Lebens. –

Nicht nur, daß diese Welt, auf die ich mich im Laufe meiner Zugehörigkeit so sehr eingelassen habe, an sich nun ins Wanken gerät aufgrund der Probleme, die das Mittelmeerprojekt mit sich bringt: Die nahende Geburt unseres Kindes führt mir immer deutlicher vor Augen, daß der Umgang mit Geld, Versicherungen, Finanzierungsmodellen sowie meine pädagogischen Bemühungen, die mit diesen Dingen zu tun haben, für mich auf Dauer kein Selbstzweck mehr sein können.

Sobald die Wehen einsetzen, werde ich für einige Wochen in Urlaub gehen, und in diesem Sinne bin ich in der Firma in jedem Augenblick aufbruchbereit. Alle wissen dies und blikken mich freundlich und erwartungsvoll an, wann immer sie mich sehen.

Als während einer Preßwehe plötzlich das Herz des Kindes sehr viel langsamer schlägt, wird mir schlecht vor Angst …

Um null Uhr vierzig wird Lukas geboren. Seinen Blick, während er eingepackt in ein dickes Frotteetuch auf Marikes Bauch liegt, werde ich niemals vergessen. Mit vor Glück verheulten Augen mache ich ein Foto. Wir haben den 1. Oktober, den Geburtstag seines Urgroßvaters. Die Nacht verbringen wir zu dritt in einem Krankenhausbett. Nun liegt Lukas auf meinem Bauch. Ich spüre seinen noch unregelmäßigen Atem. Unbeschreiblicher Vaterstolz.

In den kommenden Tagen verlieren wir jedes Zeitgefühl. Lukas wird angelegt, gewickelt, umgezogen, betrachtet, fotografiert, ausgefahren, der Verwandtschaft und Freunden gezeigt, wieder angelegt, wieder fotografiert, wieder betrachtet (während er schläft), begutachtet (durch die Hebamme, die uns täglich besucht), nochmals begutachtet (durch den Kinderarzt, der die zweite Untersuchung durchführt). Es müssen noch mehr Stoffwindeln gekauft werden. Diese müssen wir mindestens einmal täglich waschen, und immer verknoten sich in der Maschine die nassen Bänder zum Zusammenbinden. Wir steigen auf *Pampers* um und schleppen Doppelpacks aus einem Sonderangebot an. Wir entwerfen die Geburtsanzeige, nehmen Anrufe, Glückwünsche, Geschenke entgegen, kaufen Kuchen für die Gäste, den wir gemeinsam mit ihnen beim Kaffee verzehren. Lukas guckt selig (Engelslächeln), schelmisch (finden wir), müde, wach, zufrieden. Er trinkt und quält sich mit der Verdauung. Mama und Papa tragen ihn herum, singen ihm etwas, reiben ihn mit hilfeversprechenden Salben ein, sind hilflos, sind glücklich, wenn Lukas die Schmerzen wieder hinter sich hat. Es kommt vor, daß wir spät abends merken: Den ganzen Tag lang haben wir nichts gegessen bis auf den mit Gästen verzehrten Kuchen. Ich fahre los und hole unbedacht Gyros, das Marike nicht essen kann, weil es für eine Stillende zu scharf gewürzt ist. Marike merkt man im übrigen kaum an, was sie hinter sich hat. Den ganzen Tag lang ist sie in Aktion.

Wir stellen Lukas in der Firma vor, als er noch keine zwei

Wochen alt ist. Mit der Tragetasche betreten wir das Gebäude, das mir ganz anders als sonst vorkommt, so steril und menschenleer. Der Pförtner findet das Baby „süß", dann kommt uns Uwe entgegen, der sich Marike mit Handschlag vorstellt, verbindlich davon spricht, daß wir uns mal privat treffen sollten, aber nicht ganz anwesend zu sein scheint. Den neuen Trainees bringt er gerade bei, welche Marketingstrategien bei den einzelnen Zielgruppen verfolgt werden, und er muß gleich wieder in den Seminarraum zurück. Sein Lächeln wirkt etwas gezwungen, vielleicht auch müde, weil er schon einen langen Arbeitstag hinter sich hat. Ich habe das Gefühl, ausschließlich einen Erfolgsucher vor mir zu haben, der mit einem Baby nicht so viel anzufangen weiß.

Mit dem Aufzug fahren Marike, Lukas und ich in die erste Etage, um Förster zu besuchen. Obwohl wir uns nicht angemeldet haben, ist es in der Abteilung *Aus- und Weiterbildung* so gemütlich, als würden wir erwartet. Förster sitzt mit unserer neuen Sekretärin zusammen, die innerhalb des Hauses in unsere Abteilung gewechselt ist. Auf dem Stövchen steht Tee, und es gibt Schokoladenplätzchen. Die Sekretärin trägt einen heimeligen Pullover mit weitem flauschigem Rollkragen, und ich sehe auf den ersten Blick, daß die beiden nicht gerade in Arbeit ertrinken. Wir machen es uns bequem, erzählen, was wir den ganzen Tag über tun. Förster fragt nach Lukas' Größe, Gewicht und Kopfdurchmesser bei der Geburt, weil seine Frau das interessiert. Als Geschenk für Lukas hat er ein *Activity-Center* besorgt mit Telefonwählscheibe, Glöckchen, Drehrädchen etc. Zwischendurch verschwindet Marike zum Stillen nach nebenan in mein Büro. In der Firma ist in der letzten Zeit, so höre ich, nichts Besonderes passiert. Die neuen Trainees sollen eine ganz nette Truppe sein. Nur einige von ihnen machen einen reservierten Eindruck. Man weiß noch nicht, ob sie es mit dem neuen Job ernst meinen oder ob sie zur Zeit noch andere Bewerbungen laufen haben und auf bessere Stellenangebote warten. Hin und wieder ist Förster noch in der Geschäftsstelle, um Verkaufsgespräche zu führen, ohne daß es während meiner Abwesenheit jedoch aufsehenerregende Verkaufsabschlüsse gegeben hat.

Unser Besuch hat sich bis nach oben in die Personalabteilung herumgesprochen. Personalchef Manzke läßt uns spontan zu sich kommen. Er gratuliert uns und lacht Lukas an wie ein Honigkuchenpferd. Aber offenbar will er sich nicht viel Zeit für uns nehmen, denn wir stehen zwischen Tür und Angel in seinem Sekretariat. Die für ihn tätigen Damen, durchweg in den Zwanzigern, bekommen leuchtende Augen, als sie Lukas sehen, so daß ich mich frage, wer von ihnen die erste sein wird, die selbst ein Kind bekommen wird. Es ergibt sich, daß sich die Gratulation doch länger hinzieht, als es sich zunächst angedeutet hat. Manzke gerät ins Erzählen: Er berichtet weitschweifig von seinen erwachsenen Söhnen, legt Erziehungsprinzipien auseinander, redet also über Dinge, die mit Lukas und uns so ziemlich gar nichts zu tun haben. Marike beginnt sich unwohl zu fühlen, ich sehe es ihr an. Sie sucht des Stehens müde am Türrahmen Halt. Die Luft hier oben ist auch nicht gerade die beste. Manzke hat soeben selbst vernommen, wie kurz die Geburt erst zurückliegt, doch er versäumt es, Marike einen Sitzplatz anzubieten. Er redet und redet und scheint nichts wahrzunehmen, auch nicht die infolge der Geburtsanstrengung geplatzten Äderchen in Marikes Augen. Ich wage es nicht, nach einem Stuhl zu fragen und diesen Mächtigen dadurch möglicherweise zu brüskieren. Das ist das Merkwürdige. Es kommt mir insgeheim sehr gelegen, daß diese Konversation noch kein Ende nimmt. Ich möchte sie nutzen, um meine Position in der Firma zu festigen. Manzke will ich tief einprägen – und jede Minute, die wir zusammenstehen, hilft mir dabei, so glaube ich –, daß das Unternehmen seine Fürsorgepflicht, die bisher ausschließlich mir, dem Angestellten, galt, von jetzt an auf unsere gesamte junge Familie ausdehnen muß. Ich will Sicherheit und bilde mir ein, diese Zusammenkunft zwischen Tür und Angel verhelfe mir dazu, sie zu erlangen. Ich verfange mich in dem Wahn, einem Familienvater könne im Unternehmen nichts passieren, und insofern besitze er immer einen vorteilhafteren Status als ein lediger Kinderloser. Das Unternehmen könne noch so straucheln, jemanden, der für seinen Anhang zu sorgen habe, werde man niemals fortschikken, sondern ihn pflegen und nach besten Kräften zu fördern suchen. Leute, die bereit sind, Verantwortung zu übernehmen, braucht man doch schließlich.

Bei Marike hat das Gespräch dagegen den denkbar übelsten Eindruck hinterlassen. Im Wagen sagt sie mir, sie finde, Manzke habe sich unmöglich gemacht. Ein merkwürdiger Mann, eine merkwürdige Firma sei dies. Ich gebe ihr recht, versuche gleichzeitig, die Kritik ein wenig zu relativieren, und ich spüre: In dieser Situation hätte ich mehr Courage an den Tag legen müssen.

Trotz dieses Wermutstropfens bin ich alles in allem froh, daß wir diesen Besuch in der Firma gemacht haben. Der Grund dafür ist nicht nur mein neues Sicherheitsbedürfnis. Es gibt mir einfach ein unbestimmtes Gefühl der Befriedigung, Berufs- und Privatleben ein Stück zusammengeführt zu haben. Der Spalt zwischen der kalten Geld- und Anzugwelt und der vertraulich-warmen Welt, in der ein Säugling gedeihen kann, war für einen Augenblick überbrückt. Zärtliche Hingabe und notwendiger geschäftlicher Egoismus schienen miteinander vereint.

Natürlich ist das neue Bedürfnis nach Sicherheit nicht aus heiterem Himmel über mich gekommen, sondern es hat in den letzten Monaten kontinuierlich zugenommen. Während wir in den Wochen und Monaten vor der Geburt Lukas das Nest bereiteten (... das Kinderzimmer einrichteten, uns Wäsche kauften und liehen, die Küche renovierten), stellte ich mir des öfteren die Frage, wie alles weitergehen könnte, wenn es mit der Firma und meinem Arbeitsplatz tatsächlich bergab gehen sollte, wenn sich also die Schwierigkeiten, die aus dem kostspieligen Betrieb der Luxusyacht und aus den Flügen ans Mittelmeer erwachsen, nicht beheben ließen und das gesamte Unternehmen in einen fatalen Strudel rissen.

Ich habe begonnen, mich nach Alternativen umzusehen.

Unbewußt bin ich bestimmt schon seit längerem offen für neue Perspektiven. Neben der Ahnung, daß etwas mit dem Unternehmen nicht in Ordnung ist, hat sicherlich auch die zunehmende Unzufriedenheit mit meiner jetzigen Situation in der Firma eine Rolle gespielt. Ich bin unzufrieden mit der geringen Verantwortung, die ich als Referent einer kleinen Ausbildungsabteilung und als ewig mit dem Geruch des Berufseinsteigers Behafteter trage, unzufrieden mit dem starren Denken in Hierarchien, das ich erlebe, und nicht zuletzt unzufrieden damit, daß man *Aus- und Weiterbildung* vom Mittelmeerprojekt fernhält und wir damit an die Peripherie des Unternehmens gedrängt worden sind. Ein erster Schritt in Richtung Umorientierung war die Kontaktaufnahme mit dem Weiterbildungsinstitut, für das ich wahrscheinlich neben meinem eigentlichen Job werde arbeiten können. Doch eine punktuelle Freiberuflichkeit kann mir auf Anhieb nicht die Gewähr für das solide Auskommen schaffen, das ich mir als Ernährer einer Familie wünsche. Zunehmend interessieren mich feste Stellen. Ich bin davon überzeugt, daß ich mich als Ungekündigter bei einem Wechsel nur verbessern kann. Was mir vorschwebt, ist mehr Geld, mehr verbriefte Kompetenz, mehr Freiheit, auch mehr Transparenz im Unternehmen. In jeder Hinsicht meine ich mich also gegenüber meiner gegenwärtigen Lage steigern zu können.

Ein Freund, der für einen Pharmakonzern arbeitet und davon weiß, daß ich mich vielleicht verändern möchte, hat in der Firmenzeitschrift seines Unternehmens eine interne Stellenausschreibung gefunden, die meinen Vorstellungen ziemlich genau zu entsprechen scheint und die sich mit meinem Qualifikationsprofil halbwegs deckt. Die zu besetzende Position ist wunschgemäß anspruchsvoller als meine bisherige, sie ist eine wirkliche Herausforderung, da sie auch mit Fragen der Bewertung von Führungspositionen und mit der Unternehmensentwicklung insgesamt zu tun hat. In einem Telefongespräch mit dem Abteilungsleiter, der den neuen Mitarbeiter sucht, erfahre ich, daß es auch für jemanden, der dem Unternehmen noch nicht angehört, Sinn machen kann, sich zu bewerben. So habe ich die Unterlagen abgeschickt, einerseits mit Abenteuerlust, andererseits mit schlechtem Gewissen infolge meiner Illoyalität gegenüber meinem bisherigen Arbeitgeber, von dem ich doch selbst unbedingte Verläßlichkeit erwarte. Ja, ich komme mir wirklich auch schlecht vor.

Schnell erhalte ich die erfreuliche Rückmeldung, daß ich in die engere Wahl gekommen bin und daß man mich kennenlernen möchte. Dem Pharmaunternehmen scheint es gutzugehen: Man bietet einen Flug an, damit ich wegen des Gesprächstermins nicht länger als einen Tag von zu Hause fort sein muß.

Ein Besuch mit Marike und Lukas am Flughafen einige Tage vor dem Bewerbungsgespräch verunsichert mich. Noch immer habe ich Urlaub. Vom Flughafenrestaurant aus verfolgen wir die Starts und Landungen der Jets, Lukas bekommt seinen Tee. Von hier aus geht nicht nur mein Flug zum Bewerbungstermin, von hier aus brechen auch die Gäste und Wirtschaftsberater zu den Mittelmeertrips auf, die unsere Firma veranstaltet. Ich fühle mich als Verräter und Verratener zugleich: Ich spiele ein Doppelspiel, gaukle dem Unternehmen Treue vor, markiere den braven Familienpapi, während ich insgeheim meinen Abgang vorbereite. Zugleich bin ich jedoch selbst kaltgestellt, ich werde ferngehalten vom faszinierenden Wochenendzwischenspiel: Abheben, Sonne über Wolkenbäuschen, dann – einen netten Smalltalk und einen Imbiß später – mediterranes Klima, Palmen im lauen Wind, eine Nacht im Hafen, am nächsten Tag über das Wasser gleiten, mit Kunden auf Deck ganz persönlich sein, im Liegestuhl träumen, ein bißchen fischen. Ich erinnere mich daran, wie mir Manzke einmal in einem Gespräch in Aussicht gestellt hat, daß ich gratis mit an das Mittelmeer dürfte, wenn wieder einmal Plätze auf der Yacht frei wären, was häufiger vorkommt, da sich nicht immer genügend Kunden für die Trips anmelden. Einladungen an Mitarbeiter, die unbesetzten Plätze zu füllen, werden in der Regel sehr kurzfristig ausgesprochen. Mehrere Wochenenden in Folge habe ich mir daraufhin von festen Terminen freigehalten, um die Fahrt nicht zu verpassen – ein kläglicher Ersatz zwar für eine wirkliche Mitarbeit beim Mittelmeerprojekt, andererseits wollte ich mir das Bonbon nicht entgehen lassen. Bisher ist der konkrete Startschuß für mich jedoch nicht gefallen, obwohl es in letzter Zeit häufiger freie Plätze auf der Yacht gab – man zog andere Mitarbeiter vor. Seit kurzem sind nun auch diese Flüge zur Motivation der Mitarbeiter von dem neuen Geist des Sparens erfaßt. Die mitfliegenden Firmenangehörigen müssen sich an den Kosten für das Wochenende beteiligen. Manzke hat inzwischen wohl vergessen, daß er mir die Mitreise in Aussicht stellte. Doch selbst wenn er jetzt noch auf seine Einladung zurückkäme: Ich würde nicht für etwas bezahlen, das man mir zuvor schenken wollte. Verletzter Stolz. Bald werde ich wenigstens auf Kosten des Pharmaunternehmens zum Bewerbungstermin fliegen. Aber kann das ein Ausgleich für den Mangel an Wertschätzung sein, den ich bei meinem Arbeitgeber erfahre?

Als die Dämmerung die Gegend einzulullen beginnt und der Tower sich immer mehr zum Schattenriß verdunkelt, streichen Marike und ich, während der Kleine vor meinem Bauch schläft, noch durch das Flughafengelände. Taxifahrer langweilen sich in ihren Wagen, unwirklich und verlassen wirken die Gepäckhallen, dann stehen wir am Zaun, blicken über die Rollbahnen. Der Lichterteppich wie von Riesenhand auf das Gelände getupft, irgendwo das Pfeifen von Triebwerken, die gerade gestartet wurden. Diese Atmosphäre wirft einen sentimentalen Schein auf meinen augenblicklichen Zustand. Die neue Situation mit dem Kind, die Unberechenbarkeit, wie es sich mit dem bisherigen Arbeitsplatz weiterentwickeln wird, die Ungewißheit darüber, ob es möglich und sinnvoll ist, eine neue Stelle anzutreten. Ich habe das Gefühl, mich gerade noch in einem sehr empfindlichen Gleichgewichtszustand zu befinden, der jedoch nicht mehr sehr lange aufrechtzuerhalten ist. In irgendeine Richtung wird das Pendel ausschlagen. Es ist eine Abschieds- und Aufbruchsstimmung, und gäbe es solche Anmutungen nicht immer mal wieder auch ganz grundlos, könnte man von einer Vorahnung sprechen.

Noch am späten Abend ruft Förster mich an. Ich soll am nächsten Tag in einer Schulung einspringen. Bei der Planung des Quartals hat Förster vergessen, meinen Urlaub zu berücksichtigen. Er selbst muß morgen einen anderen wichtigen Termin wahrnehmen, und einen Ersatzreferenten kann er so schnell nicht auftreiben, sagt er. Natürlich bin ich sauer darüber, meinen Urlaub unterbrechen zu müssen, und erst recht ist es Marike, aber selbstverständlich lasse ich Förster nicht hängen, und das weiß er.

Da stehe ich also wieder vor den Trainees; ungewohnt wie jedes Mal nach längerer Pause die Krawattenenge am Hals und die Schuhe mit den dünnen, vom glatten Teppichboden verwöhnten Ledersohlen. Nach den aufreibenden Wochen, die sich überwiegend um das Kind und ein ganz klein wenig um die Sondierung der beruflichen Zukunft drehten, komme ich mir vor, als hätte man mich in ein Kostüm gesteckt. Auch die Trainees sind geschniegelt – aber warum achte ich eigentlich bei anderen immer so sehr auf das Äußere? Gerade durch die inzwischen gewonnene Distanz zum Job spüre ich, wie weitgehend ich mich in den vergangenen anderthalb Jahren an die im Unternehmen übliche Pflege des schönen Scheins angepaßt habe. Ich stehe ein bißchen neben mir, während ich das Standard-Schulungskonzept durchziehe. Was ich da über das Thema der privaten Krankenversicherung erzähle und darüber, wie man ein Gespräch aufbauen kann, um dem Kunden eine solche möglichst mühelos zu verkaufen, finde ich zwar von der Sache her grundsätzlich richtig, aber im Tonfall nicht ganz glaubwürdig. Ich trete in einer Rolle auf, mit der ich nicht mehr und noch nicht wieder ganz verwachsen bin. Außerdem haben sich in den vergangenen Wochen ein paar Feinheiten in den Tarifen verändert, die ich in den Pausen bei den Fachleuten im Hause erfragen muß. Ob mir die Neuen anmerken, daß ich mich mit dem Unternehmen und mit meiner Aufgabe nicht mehr ganz identifiziere? – Immerhin habe ich durch meine Bewerbung wieder die Überzeugung gewonnen, das Ruder selbst in der Hand zu halten: *Ich* entscheide, wo und wie ich arbeite. Daraus beziehe ich das nötige Selbstbewußtsein, um die Seminarstunden souverän halten zu können. Was bleibt mir schon anderes übrig, als mich gegenüber denjenigen, die gutwillig im Unternehmen Fuß fassen wollen, als jemand zu präsentieren, der es geschafft hat und mit dem Erreichten zufrieden ist. Die ganz gewöhnliche Show im Arbeitsalltag.

Einige Tage später erhalte ich in meinem Büro einen Anruf aus dem Sekretariat der Personalabteilung. Manzke will mich sprechen und läßt fragen, ob ich noch eine Weile am Platz sei. Mit seinem Referenten will er sich dann gleich auf den Weg zu mir machen. Unwillkürlich beginnt mein Herz schneller zu schlagen. Eine Angstphantasie fegt durch meinen Kopf: Die Personalleute hätten herausbekommen, daß ich mich anderweitig beworben habe, und wollten mich nun zur Rede stellen. Als die beiden kurz darauf zu meiner Tür hereinkommen, stelle ich fest, daß sie in rührend-freundlicher Absicht erschienen sind: Sie bringen ein kleines Präsent zur Geburt unseres Sohnes. Dem Jungen wünschen sie alles Gute auf seinem Lebensweg und uns, den Eltern, viel Freude am Gedeihen des Kindes – das heißt: Manzke spricht, Sendler nickt freundlich dazu. Ich packe das Geschenk aus. Es ist ein Strampler in den Farben des Unternehmens: Dunkelgrün und weiß – ein Strampler von guter Qualität, ausgesucht natürlich, wie ich mir denke, von einer der Damen aus dem Sekretariat. Beigelegt ist eine Glückwunschkarte, von Manzke persönlich geschrieben. Solche Visiten gehören gewiß zu den Routinepflichten der Personalabteilung, dennoch ist der Besuch eine schöne Aufmerksamkeit. Es ist die Geste, die zählt. Ich bin stolz, fühle mich wichtig genommen. Zugleich beginnt das schlechte Gewissen an mir zu nagen. Ein so nettes Unternehmen, das so fürsorglich an seine Mitarbeiter denkt! Und wie ich die Zuneigung, die man mir entgegenbringt, so sehr, wenn auch nur in

Gedanken, enttäuschen kann, indem ich mit dem Weggang liebäugele!

Nochmals ruft das Sekretariat an. Ein unaufschiebbarer Anruf für Manzke ist in der Leitung. Manzke nimmt ihn an. Er geht hinter meinen Schreibtisch. Sendler und mich blickt er einmal scharf an, wir beiden verlassen das Büro. Draußen fällt mir ein, daß mein Zeitplanbuch auf dem Schreibtisch liegt. Aufschlagen ist ausgerechnet die Seite, auf der der Bewerbungstermin bei dem Pharmakonzern eingetragen ist. Ich kehre noch einmal um und nehme, während Manzke weitertelefoniert, das Buch mit geschäftiger Miene vom Tisch, als wolle ich die Zeit, die er in meinem Büro verbringt, anderweitig mit sinnvoll geplanter Aktivität füllen.

Hat Manzke die Eintragung gelesen? Und wenn nicht: Denkt er sich, daß ich etwas zu verbergen habe, da ich meine persönliche Planungsunterlage nicht einen Augenblick lang unbeobachtet lassen will? Der liebenswürdige Besuch hat im nachhinein einen schalen Geschmack bekommen, er ist zu einer offenen Frage geworden, auf die ich niemals eine Antwort erhalten werde.

IV

„Wir brauchen Sie!": Ruhiggestellt

Der Schleier der Gerüchte hat sich gehoben, es ist heraus: Eine Versicherungsgesellschaft hat die Mehrheit der Unternehmensanteile übernommen. Wir sind aufgekauft, einkassiert. Mich erinnert das an Sklavenhandel. Einmal sehen wir unseren früheren Herrn noch in der Kantine. Er ist braungebrannt wie immer, er strahlt wie immer und macht Sprüche, doch er wirkt nur noch wie eine Maske seiner selbst, vielleicht, weil die anderen nur noch der Höflichkeit halber und mit einem wehmütigen Zug um den Mund herum auf seine Witzeleien eingehen. Kurze Zeit später zieht er sich aus dem aktiven Geschehen zurück. Das Unternehmen hat zu lange über seine Verhältnisse gelebt. Die Yacht wird abgeschafft, mit den Flügen an das Mittelmeer ist es vorbei. Damit das Unternehmen wirtschaftlicher arbeitet, soll die Zusammensetzung der Beratergehälter neu definiert werden. Leistungs-, also abschlußbezogene Gehaltsanteile werden in Zukunft eine größere Rolle spielen. Und das Unternehmen soll verschlankt werden. Verunsicherung allenthalben.

Die ersten personellen Veränderungen lassen nicht lange auf sich warten. In den letzten Jahren hatte man, um erfolgreichen Mitarbeitern eine Perspektive zu bieten, immer mehr Beratern die Möglichkeit gegeben, in Geschäftsführerpositionen aufzurücken. So gab es tendenziell die bewährten Geschäftsführer mit weitreichenden Kompetenzen und die neu hinzugekommen, die nur für Spezialgebiete zuständig waren und die keinen besonders autonomen Eindruck machten. Letztere werden großenteils sofort von ihren Funktionen suspendiert. Manche von ihnen akzeptieren den Abstieg in eine niedrigere Position – es ist klar, daß sie die Firma bei nächster Gelegenheit verlassen werden. Andere gehen sofort – und zwar diejenigen, denen sich auf Anhieb anderweitig eine neue Perspektive bietet. Aber wer weiß schon genau, auf welche Weise, mit welchen Zugeständnissen man sich von Mitgliedern der Führungsriege aus dem fünften Stock trennt.

Förster und ich und andere, die mit den Mittelmeertrips nicht viel zu tun hatten, haben es natürlich schon immer gewußt, daß die Rechnung mit der Yacht so nicht aufgehen konnte. Auf der anderen Seite räumen die Kollegen, die das Projekt als Motoren voranzubringen suchten, nun ein, sie hätten nur in der ersten Reihe gefochten, weil man es ihnen auferlegt hätte. Insgeheim wären natürlich auch sie dem Projekt die ganze Zeit lang mit Skepsis gegenübergestanden, und wo es möglich war, hätten auch sie ihre Kritikpunkte vorgebracht. Man kann es ihnen glauben. Familien sind zu ernähren, Häuser abzubezahlen ... Daß nur eine abenteuerlich geringe Chance bestand, mittelfristig Gewinne über die Mammut-Marketingaktion hereinzuspielen, hätte auch ein Blinder sehen können.

Die Übergangenen (wie wir) sonnen sich zwar nicht im Triumph, aber mit einer gewissen Selbstzufriedenheit geht man wieder zur Tagesordnung über – wie man glaubt. Denn daß man in die früheren Verhältnisse zurückkehren kann und nun endlich wieder weiß, wo es im Unternehmen langgeht, stellt sich schnell als ein Trugschluß heraus.

Die gerade angeworbenen Trainees führen uns unser neuerliches Outsidertum drastisch vor Augen. Es sind wie immer nette junge Menschen, die das Treiben in der Firma zunächst wie mit großen Kinderaugen betrachten. Doch sie wurden in eine undurchsichtige Phase hinein eingestellt, verhalten sich dementsprechend selbst auch undurchsichtig. In die Offenheit der Anfänger mischen sich von vornherein Vorbehalte und gewahrte Rückzugsmöglichkeiten. Förster und ich werden von ihnen dahingehend ausgequetscht, wie sich die Unternehmenssituation weiterentwickeln wird, natürlich auch, wie wir ihre Zukunftsaussichten einschätzen, es im Unternehmen zu etwas zu bringen, weiterhin, ob die Firma wie bisher eigenständig weiteragieren kann oder ob sie von der Muttergesellschaft auch vom Profil des Beratungsansatzes her absorbiert werden wird. Wir werden gefragt, ob unabhängige Beratung künftig noch möglich sein wird oder ob nur noch die Haustarife der ‚Mutter' angeboten werden dürfen. Das alles wissen wir keinesweges. Uns wird bewußt, daß wir aufs neue im Nebel stochern wie schon in den vorangegangenen Monaten. Wie es sich ziemt, versuchen wir in den Schulungen zu beschwichtigen, sprechen vom Vertrauen, das man in das Unternehmen setzen müsse, und davon, wie genial die ursprüngliche Geschäftsidee sei, die es wieder in den Vordergrund zu stellen gelte, und daß der neue Eigentümer schön dumm wäre, wenn er sie sterben ließe. Allerdings ist von Försters früherem Enthusiasmus bei der Verteidigung der offiziellen Unternehmensstrategie nur noch wenig zu spüren. Er wirkt müde, die Augen gehen ins Leere, als trüge er in Wirklichkeit ganz andere Gedanken mit sich herum. Im übrigen scheint mir, daß Manzke inmitten der Turbulenzen keine besonders glückliche Hand bei der Auswahl der neuen Trainees gehabt hat. Nur ein einziger Universitätsabgänger besitzt die rhetorische Ausstrahlung des geborenen Überzeugers und auf Anhieb die Fähigkeit, die vorgestellten komplexen Beratungsinhalte in ihrer Vernetzung zu bewältigen. Der Rest der Traineegruppe wirkt auf mich etwas trocken. Mit dem Stoff geht es, wie die Fachdozenten berichten, auch eher schleppend voran. Möglich, daß die Bewerber in den Gesprächen mit Manzke die Krise witterten und die besten Kandidaten lieber nicht unterschrieben.

Von meinem Bewerbungsgespräch beim Pharmakonzern komme ich nicht mit dem eindeutigen Ergebnis zurück, das ich mir erhofft habe. – Der Flug, nun ja, eine schöne Sache, Balsam für das Ego. Ich treffe den Freund, der mich auf die Stelle aufmerksam gemacht hat und den ich wegen der beträchtlichen Entfernung, die uns trennt, sonst viel zu selten sehe. Daß dieser Besuch in der Großstadt auf Kosten des Pharmaunternehmens geht, ist die angenehme Seite des Tages. Dazu gehört auch das Gefühl, etwas ein wenig Unerlaubtes zu tun – es ist ein bißchen so wie Schuleschwänzen.

Natürlich will ich mich im Bewerbungsgespräch positiv in Szene setzen. Aber da ich von einer sicheren Basis aus zu operieren glaube, geht es mir vor allem darum herauszufinden, ob die berufliche Veränderung wirklich rundum vorteilhaft wäre. Das Geld würde dabei eine weniger große Rolle spielen, als ich zuerst gedacht habe. Im Vorfeld hat mich der Freund über die hohen Lebenshaltungskosten in dieser Stadt informiert. Die gehaltliche Verbesserung, die mit einem Wechsel zum Pharmakonzern sicherlich einherginge, würde davon weitgehend aufgefressen. Wichtiger als das Geld ist mir eine transparente Unternehmenspolitik, ein Vorgesetzter, mit dem ich ebenso gut auskommen würde wie mit Förster, Kollegen, mit denen mich Gemeinsamkeiten verbinden könnten, eine interessante, anspruchsvolle Arbeit, die mich mit vielen Menschen zusammenbringen würde, Karrieremöglichkeiten, aber auch etwas, das sich nur schwer beschreiben läßt: Es ist so etwas wie der Geist, der in einem Unternehmen spürbar ist, etwas, das sich oft schon vernehmen läßt, während man noch im Foyer der Hauptverwaltung sitzt, in der Unternehmensbroschüre blättert und darauf wartet, zum Gespräch abgeholt zu werden. Muffig, autoritär, freundlich, beschwingt, offenherzig, kreativ, ängstlich, konservativ, geizig, wohlhabend, protzig, naiv, hausbacken, improvisiert kann dieser Geist wirken, als Understatement betreibend und als vieles andere mehr kann sich dieser Geist darstellen. Er zeigt sich im Stil der Einrichtung, in den Gesichtern und Stimmen der Mitarbeiter, in der Geschwindigkeit, in der diese sich durch die Halle bewegen, in der Zeitspanne, die man in der Wartezone verbringt, um auf sein Gespräch zu warten, auch daran, ob man von vorübergehenden Mitarbeitern wahrgenommen, taxiert oder übersehen wird. Mich interessiert vor allem, ob das, was ich da als Geist, man könnte auch sagen: als Atmosphäre oder als Unternehmenskultur wittere, mit dem harmoniert, was ich selbst bin bzw. zu sein meine bzw. sein will. Genau diesem *Feeling* war ich, als ich mich seinerzeit beim Finanzdienstleistungsunternehmen bewarb, nicht gefolgt.

Rückblick: Vernunftgemäß war es vermutlich richtig, die Referentenstelle anzunehmen, aber irgend etwas, von dessen Substanz ich mir erst nach und nach Rechenschaft ablegen konnte, stieß mich von Beginn an in der Firma ab: Es war etwas wie Distanziertheit, Ungastlichkeit, etwas, das auszudrücken schien: Wir behandeln Menschen höflich bis zum Formalismus, aber Warmherzigkeit und Natürlichkeit wird man hier vergeblich suchen. Dies äußerte sich unter anderem in der – aufs Ganze gesehen – allzu eckigen Gestik der Mitarbeiter, im etwas zu festen und damit zu betonten Händedruck, in ihren verspannten Mundbewegungen beim Sprechen und im allgegenwärtigen Bemühen, Stärke und Selbstsicherheit zu demonstrieren, selbst wenn die Augen Hilfebedürftigkeit nicht leugnen zu können schienen. Als ich die Eingangshalle des Hauses das erste Mal betrat, fiel mir an einer der Wände ein mehrere Quadratmeter bedeckendes Foto eines gigantischen Ocean Liners auf, getaucht in glutrotes Abendlicht, umgeben von funkelndem Meer. Das Bild mit dem Schiff, dessen Bug halbwegs auf den Betrachter gerichtet war, so daß es in Kürze knapp an ihm vorbeizufahren schien, beherrschte den Raum. Wie ich später erfuhr, hing es schon seit mehreren Jahren dort. Es transportierte einen Anspruch, eine Vision, es war schon vorhanden, noch bevor irgend jemand erwartete, daß aus dem Faible einmal ein reales Projekt entstehen würde. Ein Zusammenhang des Foyerschmucks mit der Geschäftätigkeit des Unternehmens war nicht zu erkennen. Das Bild war damit reine Dekoration und vermittelte doch gleichzeitig das unbedingte Wachstumsstreben eines mittelständischen Unternehmers, das zu teilen oder zurückzuweisen man sich intuitiv beim ersten Anblick des Bildes entscheiden mußte. Ich persönlich fand das Bild bei weitem überdimensioniert und aufdringlich. In dieser Hinsicht ging ich also nicht mit der Unternehmensidee konform. Auch ein anderes Warnzeichen entging meiner Aufmerksamkeit. Kurz bevor ich eingestellt wurde, sollte ich vor Beratern und Innendienstlern eine Präsentation über mein Arbeitsgebiet veranstalten. Auch Manzke war anwesend. Im Anschluß an meinen Folienvortrag wurde ich von den Anwesenden befragt, und man antwortete auf meine teilnehmeraktivierenden Fragen. In allem, was während der halbstündigen Zusammenkunft gesprochen wurde, klang für mich durch: Wie wird Manzke das finden, was ich da von mir gebe? Wird es ihm genehm sein? Das galt selbstverständlich auch für meine eigenen Äußerungen, denn ich wollte mich um jeden Preis für die Stelle empfehlen. Manzke hatte die Ausstrahlung eines Zensors, und es machte den Eindruck, als hätten viele der Anwesenden mit Manzke schon entsprechende einschlägige Erfahrungen gesammelt. Es lag sozusagen auf der Hand, daß das Unternehmen in Gänze autoritär geführt wurde. All diese Zeichen wollte ich nicht recht wahrnehmen, oder ich konnte mir keine genaue Rechenschaft darüber ablegen, da ich zu sehr mit meiner Selbstdarstellung beschäftigt war. Diesmal, im Gespräch beim Pharmakonzern, will ich deshalb wacher sein und stärker meiner Intuition folgen.

Die Fassade der Unternehmenszentrale sieht aus wie in Plastik gegossen, ebenso die Räumlichkeiten selbst. Es scheint ein Bau aus den siebziger Jahren zu sein, mit bunten Teppichböden und grell gefärbten Wänden in unterschiedlichen Farbkombinationen mit Signalwirkung: Jede Etage oder Abteilung (oder wie auch immer das System funktionieren mag) scheint eine eigene Farbkennung zu besitzen. Das Rauschen der Klimaanlage vermittelt das Empfinden, von der Außenwelt abgeschnitten zu sein. Die Atmosphäre hat etwas von einem Fernsehserienraumschiff.

Als ich um acht Uhr dreißig meinem Gesprächspartner Dr. Anselm gegenübersitze, bin ich naturgemäß etwas nervös, zudem fühle ich mich wenig frisch (Aufstehen um halb fünf, sechs Uhr am Flughafen ...), meine Hände sind kalt, und wie ich mich kenne, bin ich blaß, was angesichts des dunklen Anzuges, den ich trage, wenig vorteilhaft wirken dürfte. Äußerlichkeiten scheinen hier allerdings nur von untergeordneter Bedeutung zu sein, denn dies ist eben nicht die Finanzdienstleistungbranche; der Pharmakonzern wird von angewandter Naturwissenschaft getragen. Hier geht es vordringlich um die Kraft forschender Intelligenz, Verkaufsfragen erscheinen als zweitrangig.

Anselm, ursprünglich Mathematiker, fragt mich nach meinem Werdegang, erzählt dann selbstbewußt etwas über den eigenen Weg zum Abteilungsleiter, eine Funktion, die hier offenkundig höher angesiedelt und mit mehr Führungsverantwortung versehen ist als bei meinem bisherigen Arbeitgeber. Daß ich noch kein Fachmann in Sachen Führungsorganisation bin, scheint Anselm nicht zu stören, man kann alles lernen, findet er, und den entsprechenden Kopf setzt er bei seinen Leuten einfach voraus. Ich erzähle ihm, daß ich nebenbei noch an meiner Promotion arbeite, die ich in absehbarer Zeit abzuschließen gedenke. Er sagt, in der Tat sei in diesem Unternehmen der Doktortitel schon wichtig, um vorankommen zu können. Schließlich habe man es hier großenteils mit Biologen und Chemikern zu tun, die den Titel durchweg besitzen; er gehöre einfach dazu. Daß meine Doktorarbeit mich nicht gerade jeden Tag beschäftigt und ich noch in der Recherchephase stecke, mache ich nicht zum Thema. Dann beschreibt mir Anselm die Aufgabe, um die es geht. Ich erfahre, daß die Abteilung als Vorstandsstab aufgehängt ist, daß Führungspositionen in diesem Unternehmen organisatorisch und gehaltlich oft nur schwer durch ihn und seine Referenten beurteilt werden könnten, da die Strukturen um starke Persönlichkeiten herumgebaut seien und dadurch Vergleiche zwischen verschiedenen Arbeitsbereichen erschwert würden. Viel Diplomatie sei an diesem Platz erforderlich sowie zahlreiche Abstimmungen mit dem Vorstand, der die letztendlichen Entscheidungen treffe. Ansonsten steht mein Gesprächspartner gerade unter starkem Zeitdruck. Er hat heute noch mehrere Termine und schlägt deshalb vor, daß ich noch einige seiner Referenten kennenlerne, damit ich Genaueres über die zu besetzende Position erfahre. Ich treffe einen Soziologen, der wohl kaum älter ist als ich, dabei jedoch überaus gesetzt bis hin zur kugelrunden Selbstzufriedenheit wirkt. Einmal in diesem Unternehmen, immer in diesem Unternehmen, sagt er mir. Die Fluktuationsrate sei äußerst gering und das Gehalt wirklich ansprechend. Aha, ein solides Unternehmen, das Sicherheit gibt, denke ich mir und verbuche dies als Pluspunkt. Danach werde ich einem älteren Referenten vorgestellt, der in seinem kleinen Büro in Papieren, mithin in Sachbearbeitung zu versinken scheint. Mit dem Job sei viel Schreibtischarbeit verbunden, sagt mir der ergraute Herr, den ich mir auch schon pensioniert vorstellen kann. Ist er hier versauert? Warum ist er in seinem Alter nicht auch irgendwo Abteilungsleiter? Seine Arbeit habe höchstens insofern mit meiner Trainertätigkeit zu tun, erklärt er mir, als manche Organisationsfragen in Gesprächsrunden diskutiert würden, weshalb man auch die Technik des Moderierens benutzen müsse. Aus seinem Munde hört sich das verdinglicht an, so als ginge es bei dieser Kommunikationsmethode um Skalpell und Tupfer. Mit einem beklommenen Gefühl verlasse ich sein Büro.

Da ich schon einmal angereist bin, werde ich auch der Leiterin einer angrenzenden Abteilung vorgestellt, die ebenfalls Personalbedarf hat und deren Arbeitsschwerpunkt weniger im führungs- als vielmehr im ablauforganisatorischen Bereich und in der operativen Unternehmensberatung liegt. Statt über Funktionen und organisatorische Einheiten spricht sie über zwischenmenschliche Beziehungen. Sie legt mir auseinander, daß sie ein heterogenes Team unterschiedlicher Talenttypen zusammengeschweißt habe und ihre Abteilung als schlagkräftige Truppe von Unternehmensberaterinnen und -beratern verstehe, die mit externen Beratern konkurrieren könne und müsse. In ihrer Abteilung gehe es ausgesprochen dynamisch zu, die Ergebnisse entstünden ganz wesentlich aus kreativer Workshoparbeit heraus, sagt sie, wobei es natürlich jeweils auf eine kluge und beseelende Zusammensetzung der jeweiligen Problemlösungsgruppen ankomme: Welche Spezialisten aus den Fachressorts müssen hinzugezogen werden, welche Teilnehmer der Gruppen könnten darauf aus sein, Machtspielchen zu spielen, und wie steuert man solche schwierigen Projektmitarbeiter, so man auf ihre Mithilfe nicht verzichten kann? Dann fragt mich die Abteilungsleiterin, ob ich mir vorstellen könne, in ihrer Crew mitzumachen. Auch sie stellt mir ihre Mitarbeiter vor. Im Team unterziehen diese mich einer halb therapeutischen, halb inquisitorischen Befragung. Eine Organisationspsychologin, die ganz auf der weichen Welle schwimmt und meine Stimmung ausloten will, fragt mich, welche Abteilung mir besser gefalle, die hiesige oder die von Anselm. Die Abteilungsleiterin stoppt sie: Die Frage gehöre nicht hierher. Es riecht nach zwischenmenschlichem Zündstoff und periodischen Beziehungsklärungen. Anschließend spreche ich wieder mit der Abteilungsleiterin allein. Obwohl sie mich erst seit einer knappen Stunde kennt, wirbt sie massiv um mich. Aus dem Lob, das sie ihrer eigenen Arbeit zollt, und aus kleinen Anspielungen entnehme ich, daß sie sich mit Anselm und seiner Abteilung befehdet.

Leider ist also auch der Pharmakonzern keine heile Welt. Auch dort gibt es Kämpfe und Intrigen, auf dem Schlachtfeld Zurückgelassene, das Risiko, es gleichfalls nicht zu schaffen; auch hier gibt es ein Gelingen nur unter Mühen. Die Auseinandersetzung, die mutmaßlich zwischen den Abteilungen, die ich kennengelernt habe, ausgefochten wird, ist in etwa die zwischen Mathematik und Sozialwissenschaft, zwischen digitaler und analoger Denkweise, zwischen Patriarchat und Matriarchat, zwischen linker und rechter Gehirnhemisphäre, zwischen Yin und Yang, eine Auseinandersetzung, der ich, wenn ich in diesem Konzern anfangen würde, 37 1/2 stechuhrgemessene Stunden in der Woche beiwohnen müßte und in die ich damit zwangsläufig hineingezogen würde.

Die Einzelheiten des weiteren Vorgehens im Bewerbungsverfahren kann mir zum Abschluß der Gespräche niemand bekanntgeben. In beiden Abteilungen würde jeweils ein neuer Mitarbeiter benötigt, und auf die Internen, die sich bislang vorgestellt hätten, würde aus Qualifikationsgründen die Wahl mit einiger Sicherheit nicht fallen. Aber das letztendliche Okay zu einer Einstellung müsse der Vorstand geben, und an diesem Punkt seien aktuell Probleme zu erwarten, da man über eine Umstrukturierung des Unternehmens nachdenke, die vor dem Verwaltungsapparat nicht haltmachen würde. Verschlankung also auch hier. Pustekuchen mit der Sicherheit. Außerdem: Wenn ich die Wahl zwischen beiden Abteilungen hätte, für welche sollte ich mich entscheiden? Schon jetzt wähne ich mich zwischen den Fronten. Die Entscheidung, egal wie sie ausfiele, hätte unabsehbare langfristige Konsequenzen, und sie könnte sich nachträglich als grundfalsch herausstellen.

Auch die Großstadt, die sich in meinen Augen als zu autofreundlich und zu kinderfeindlich darstellt, sagt mir wenig zu. Dort will ich im Grunde kein neues Leben beginnen.

Nichtsdestotrotz werde ich meine Chancen zu wahren suchen und mich in ein paar Wochen noch einmal telefonisch nach dem Stand der Dinge erkundigen.

An einem der folgenden Bürotage ziehe ich Förster ins Vertrauen und erzähle ihm von meiner Bewerbung. Die Stelle findet er spannend, aber er rät unerwartet eindeutig davon ab, jetzt zu kündigen. Warum, ist mir zunächst nicht recht einsichtig. Daß ein beruflicher Wechsel nach knapp zwei Jahren karrieremäßig noch nicht hinreichend glaubwürdig wäre, da man in einer so kurzen Zeit noch nicht genügend nachweisliche Erfolge habe ansammeln können, reicht mir als Begründung nicht aus.

Wenig später zieht Förster mich umgekehrt ins Vertrauen und eröffnet mir, daß *er* definitiv das Unternehmen verlassen werde. Er werde als fester Trainer zu dem Weiterbildungsinstitut gehen, für das er nebenher schon im Rahmen seiner Freistellung arbeite. Man habe ihm finanziell ein phantastisches Angebot gemacht. Hier in der Firma habe er alles auf den Weg gebracht, was sein Spielraum zugelassen habe. Nun gebe es kein Weiterkommen mehr für ihn. Kurz, er ist es leid, daß ihm, dem Ideenreichen, permanent Steine in den Weg gelegt werden. Wenn er fort sei, könne ich zum Abteilungsleiter aufsteigen. Es könnte mir etwas bringen, meint Förster, wenn ich diese Erfahrung hier noch machen würde, bevor auch ich wegginge. Es sei fest davon auszugehen, daß ich in seine Funktion aufrücken könne, da niemand außer mir das notwendige Know-how in Trainingsfragen besitze.

Förster will etwas Gutes für mich tun. Darüber, daß er gehen will, bin ich traurig, aber ich fühle mich auch geschmeichelt und hoffe inständig, daß alles so eintritt, wie er es sagt. Endlich würde auch ich einen *Karriereschritt* machen. Offiziell ausgesprochen hat Förster seine Kündigung jedoch noch nicht, und er bittet mich deshalb, die Sache einstweilen für mich zu behalten. Allerdings stelle ich bald fest, daß ich nicht der einzige bin, mit dem er vertraulich über seine Absicht gesprochen hat. Auch von anderer Seite werde ich mit der Nachricht konfrontiert. Ein wenig überrascht mich, daß man mich auch auf meine Ambition, Försters Posten zu übernehmen, offen anspricht. Ich höre, daß bezüglich der Neubesetzung der Abteilungsleiterposition verschiedene Modelle denkbar seien. Insbesondere Uwe schaltet sich ein. Wir könnten uns ja die Abteilungsleitung teilen. Ein abseitiger Gedanke, finde ich, wo hätte es so etwas schon einmal gegeben? Aber sein Vorstoß gibt mir ungeahnte Klarheit über seine durchschlagende Karriereorientierung. So vordergründig freundlich er mit mir auch spricht: Die Katze zeigt ihre Krallen. Zugleich hält mir Uwe auch einen Spiegel vor, denn sein Ansinnen löst in mir alles andere als entspannte Gedanken aus. Die Neubesetzung der Abteilungsleiterposition wird vor allem auch von Fürsprechern abhängen. Wenn Förster weg ist, wen habe ich dann noch auf meiner Seite? Ich sehe meine Felle davonschwimmen. Eine andere Alternative in Sachen Abteilungsleitung sei die, erfahre ich, das Schulungsressort in das Marketingressort aufzunehmen, Training und Vermarktung lägen doch nahe beieinander, und beide Abteilungen seien ohnehin in den Geschäftsführungsbereich Personal eingegliedert. Ich trage Hoffnungen und Ängste im Hinblick auf meine Zukunft in der Firma mit mir herum und empfinde zugleich das Geschacher um eine Position, die noch nicht einmal frei geworden ist, als hochgradig abstoßend. Ein unhaltbarer Zustand. Ich habe so etwas wie Schuldgefühle gegenüber Förster. Er hatte immer schon viele Pläne. Der Wunsch zu kündigen könnte auch noch so etwas wie ein ziemlich weit getriebenes Gedankenspiel sein. Die Möglichkeit, daß seine Stelle frei wird, setzt viele Aspiranten in Bewegung. Dies zeigt, daß der Karrieredruck in der Firma hoch ist und vielleicht auch der Druck der Angst: Wer eine Stufe höher steigt, besitzt mit der Beförderung auch den Nachweis für bisheriges erfolgreiches Wirken. Die Gefahr, im Umstrukturierungsprozeß auf der Strecke zu bleiben, wäre mit dem Aufstieg zunächst minimiert.

Ein neuer Chef ist im Haus, ein Enddreißiger mit dichtem blondem Haar und Schnurrbart, ein Mann, ausgesandt von der Muttergesellschaft. Wie kann ein so junger Mensch schon so weit im Leben gekommen sein? Und dies wird wohl noch nicht seine Endstation sein. Hier wird er sich bewähren müssen, indem er das Unternehmen wieder in die Gewinnzone zurückführt. Danach wird er zur Muttergesellschaft heimkehren, um dort noch schwierigere Prüfungen zu bestehen und schließlich, in ein paar Jahren, in den Vorstand einzuziehen. Im fünften Stock hat er Quartier genommen wie ein Eroberer im Rathaus einer besetzten Stadt. Aufreizend sein dunkelblauer *Mercedes* mit ortsfremdem Kennzeichen in der Tiefgarage direkt neben dem Eingang zum Geschäftsführeraufzug. Uns Mitarbeitern im Haus stellt er sich nicht einmal vor, ein Fauxpas. Meint er dies nicht nötig zu haben? Oder möchte er sich angesichts der zu erwartenden schmerzhaften (Personal-)Schnitte lieber nicht von der freundlich-repräsentativen Seite zeigen? Soll man ihn grüßen oder nicht, wenn man ihm auf dem Gang begegnet? In der Kantine sitzt er ebenfalls in der angestammten Chefecke, wenn auch nicht gerade am ehemaligen Cheftisch.

Für eine Besprechung soll ich ihm einmal Visualisierungsmaterial zusammenstellen und es sofort in den Besprechungsraum im fünften Stock bringen. Den Auftrag erteilt mir eine der Sekretärinnen, die er vom alten Chef übernommen hat. Wie ein Lehrling bringe ich das Zeug in einer Pappkiste nach oben. Dort wartet *er* schon mit den verbliebenen Geschäftsführern. Er nimmt die Kiste persönlich entgegen. Auch jetzt stellt er sich nicht vor, also mache ich den Anfang und nenne meinen Namen, eine reichlich blöde Situation, eine Begrüßung wie abgetrotzt, eine Begegnung mit einem unmenschlichen Technokraten, der andere so recht spüren läßt, daß er seinen Erfolg auch dem Verzicht auf zeitraubende Umgangsformen im Verkehr mit Untergebenen verdankt.

Angesichts des Wechsels an der Unternehmensspitze zeigen sich viele Kollegen nun persönlich berührt, ja fast wehmütig – mich persönlich betrifft dies nicht, dafür bin ich noch nicht lange genug in der Firma. Weh tut jenen nicht so sehr, daß das abstrakte Ding mit Namen Unternehmen nicht mehr auf die hergebrachte Weise funktioniert. Viel schmerzhafter für sie, an tief eingebrannter kindlicher Ergebenheit rührend ist es, daß der alte Chef, ihr Held, der das alles aufgebaut hat, der durch natürliche Autorität und den eigenen Erfolg die Beraterschaft zu Höchstleistungen hat motivieren können, ohne dazu besondere Incentives oder das Instrument einer partizipativen Führungskultur zu benötigen, gestrauchelt ist, versagt hat, nicht dem idealisierten Bild des Unverletzlichen entsprochen hat, das man sich von ihm angefertigt hatte. Ein tragischer Held, wenn man so will, gescheitert an einem einzigen schwachen Zug: dem mangelnden Unterscheidungsvermögen zwischen einer Vision und einem Investitionsplan mit tragbarem Unternehmerrisiko.

Mit dem Auftritt des neuen Chefs und dem Weggang der ersten Geschäftsführer und auch der ersten Verkäufer, die ihr Vertrauen in die Firma verloren haben oder unternehmensseitigen Schritten zuvorkommen wollen, zeichnet sich ab, daß das Unternehmen wohl in ein paar Jahren nicht wiederzuerkennen sein wird. Die Fassade wird vielleicht noch übrigbleiben, der Anschein der alten Unternehmensphilosophie, der der Öffentlichkeit Kontinuität suggerieren soll. Übrigbleiben wird der eine oder andere Hartgesottene, der den mühevollen Umbau der bisherigen inneren Strukturen auszuhalten bereit ist, vielleicht weil er als Umsatzträger davon profitiert, vielleicht weil er schon zum Inventar der Firma gehört und woanders keine adäquate Stellung mehr fände oder sich einfach keine Veränderung vorstellen mag.

Ich schwanke. Ich sehe Veränderungen auf mich zukommen, weiche aber der Erwägung aus, daß sie auch mich persönlich betreffen könnten. Ich sehe ein mögliches Emporkommen, fühle mich aber auch schon ein wenig allein in der Firma, sozusagen auf verlorenem Posten im Vorgriff auf Försters vermutliches Weggehen. Ich halluziniere, wie die Marketingabteilung eine Strategie zur Übernahme der Abteilung *Aus- und Weiterbildung* ausheckt.

Das Ende einer Ära deutet sich an. Abends im Auto auf dem Rückweg durch die Lichter der Stadt merke ich zuweilen, daß es mir den Hals zuzieht und die Augen feucht werden. Im Alleinsein gestatte ich mir den Ausdruck meiner Trauergefühle. Auf den Straßen sehe ich Leute, die gerade ihre feierabendlichen Einkäufe hinter sich gebracht haben. Kurz flackert der Gedanke auf, daß ich gerade gegen den Unternehmenskodex verstoße, der mir Härte und zuversichtliches Strahlen abverlangt.

Bis Weihnachten ist es nicht mehr lang. Hier, in meiner Heimatstadt, kenne ich beinahe jeden Baum, den die städtischen Angestellten jetzt wieder mit Birnenketten zur festlichen Beleuchtung behangen haben. Vieles hält mich noch in dieser Stadt und würde mich hindern, eine Stelle an einem anderen Ort anzunehmen.

Mit den strukturellen Veränderungen in der Firma wird es nun ernst. Es werden diverse Projektgruppen installiert, die das Unternehmen nach dem – sich übrigens als schwierig darstellenden – Verkauf der Luxusyacht auf eine erfolgreiche Zukunft ausrichten bzw. diese Ausrichtung vorbereiten sollen, denn die Entscheidungen trifft natürlich der blonde Statthalter, unterstützt durch die beiden verbliebenen Geschäftsführer: Dies sind Manzke und der Prinz, der sich trotz seiner Nähe zum alten Chef auch jetzt noch halten kann –

eine wirklich starke Figur offenbar. Eine der Projektgruppen beschäftigt sich mit der Neuausrichtung des Vertriebs, mit dem Profitcentergedanken, mit der Neuverteilung von fixen und variablen Gehaltsbestandteilen. Eine andere Gruppe soll ein neues Unternehmensleitbild entwickeln. In diese Gruppe ist Förster eingebunden, Uwe ebenfalls. Mich hat man nicht gefragt. Bin ich noch nicht lang genug in der Firma? Bin ich einfach so unwichtig? Hält man mich nicht für kreativ genug, um fruchtbare Beiträge leisten zu können? Ich fühle mich wie der kleine Junge, der bei den Spielen der Größeren nicht mitmachen darf. Was mich von dem Jungen allenfalls unterscheidet, ist, daß ich mir von den möglichen Gründen für die Zurücksetzung diejenigen vor Augen führe, die am wenigsten weh tun, eben vor allem das in der Firma unterschwellig geltende Senioritätsprinzip. Den Schmerz, den ich in der Firma, um mir nicht zu schaden, verstecken muß, verberge ich oft auch vor mir selbst. Nur so kann ich mich weiterhin als ein Siegertyp darstellen, was in der Firma lebenswichtig ist. Ich komme schließlich mit mir überein, daß es schön dumm vom Unternehmen ist, mich bei der Besetzung der Projektgruppen zu übergehen. Schließlich habe ich mich mit Problemlösungstechniken beschäftigt, auch über dieses Thema veröffentlicht. Zudem bin ich erfahren in der Moderation von Gruppen, und in diesem Jahr hat das Unternehmen noch ein paar tausend Mark ausgegeben, um mich an einer Fortbildung zu diesem Thema teilnehmen zu lassen.

Eines Mittags sitzen Förster und ich zusammen in der Kantine. Wir sind beide gereizt. Ich, weil ich an keiner der Projektgruppen teilnehmen darf; Förster, weil er auch noch gern in der Projektgruppe ‚Vertrieb' wäre. Und an dem, was in der Projektgruppe ‚Unternehmensleitbild' läuft, in der er mitmachen darf, hat er darüber hinaus eine Menge auszusetzen. Es gebe dort nur Scheindiskussionen – blind würden innerhalb der Gruppe Aufträge zu Ausarbeitungen verteilt. Was dabei herauskomme, sei nicht der Rede wert, eine Farce das Ganze. Manzke kommt an unserem Tisch vorüber, Förster fragt ihn etwas zum nächsten Treffen der Projektgruppe ‚Leitbild'. Ein kurzer Dialog entspinnt sich, Manzke will jedoch bald schon wieder zu einem anderen Tisch (die Mitarbeiter, von denen er etwas will, greift er sich immer gern beim Mittagessen), Förster insistiert auf dem Thema, Manzke entfernt sich inzwischen schon wieder von uns und spricht im Gehen weiter, und dann, als er schon eine andere Ecke des Raumes erreicht hat, fällt, um das Gespräch zu beenden, ein Satz, der mir lange Zeit nicht aus dem Kopf geht. Manzke ruft in unsere Richtung herüber, so daß jeder in der Kantine es hören kann: „Herr Förster, wir brauchen Sie!" Mit mir hat dieser Satz nur insofern zu tun, als er sich auf meinen Vorgesetzten bezieht. Mir gilt damit nur sein schwaches Echo. Vielleicht kann ich deshalb diesen Satz ein bißchen genauer beobachten, ihn in der Erinnerung wachrufen, sooft ich will, ihn vor- und zurücklaufen lassen und ihm immer wieder neue Nuancen abgewinnen. Was steckt nicht alles in diesem Satz: Beschwichtigung, der Versuch zu motivieren, gewolltes Zugetansein, viel Distanz, auch Gereiztheit. Vor allem aber erzeugt dieser Satz eine Frage, die man sich im gleichen Augenblick auch schon beantwortet und dabei zu einem bestürzenden Resultat kommt. Wer jemandem so laut und vor aller Welt sagt, daß er gebraucht wird, dies gewissermaßen gewaltsam aus sich herauspreßt, will der nicht eine gegenläufige Tendenz, die sich in ihm selbst Bahn zu brechen beginnt, verleugnen? Ist nicht mit an Sicherheit grenzender Wahrscheinlichkeit davon auszugehen, daß Manzke, der Personalverantwortliche, ganz konkret zumindest darüber nachgedacht hat, auf Försters Dienste im Zuge der Umstrukturierung zu verzichten? Daran hängt freilich auch meine Position.

Aus- und Weiterbildung ist in seinen Grundfesten erschüttert, mein Traum vom Aufstieg in der Firma stürzt zusammen. Die Arbeit mit den Trainees, die Verkaufserfolge der Berater, die wir von langer Hand vorbereiten, die guten Beziehungen zu Kollegen in ganz Deutschland, die Achtung, die uns von denen, die uns und unsere Arbeit kennen, zumindest augenscheinlich entgegengebracht wird, das alles ist plötzlich nichtig geworden. Mein großes Büro erscheint mir wie die sich langsam entlebende Kulisse eines Schauspiels, das womöglich bald vom Spielplan abgesetzt wird, weil es nicht mehr ins Konzept des neuen Intendanten paßt. Ich falle ins Bodenlose. Doch wie auch immer, das Tagesgeschäft muß weitergehen.

Aus den Filialen sind Berater, die seit etwa einem Jahr im Unternehmen sind, zu einer Verkaufsschulung in die Zentrale gekommen. Sie sind aufgewühlt und wollen an der Quelle erfahren, wie es mit dem Unternehmen weitergeht. Viele haben sich umsatzmäßig noch nicht positiv stabilisieren können, und da es Gerüchte über bevorstehende unternehmensseitige Kündigungen gibt, haben sie massive Angst um ihren Job. Förster und ich können und wollen die Fragen, die den Beratern unter den Nägeln brennen, nicht beantworten. Wir laden Manzke ein, Stellung zu nehmen. Dieser richtet sein Kommen spontan ein. Als er danach gefragt wird, ob tatsächlich Kündigungen ausgesprochen werden sollen, bald sei doch – es wird ein Datum genannt – für viele der letzte mögliche Kündigungstermin für dieses Quartal, korrigiert Manzke, bevor er antwortet, zunächst den genannten Termin. Das richtige Datum nennt er aus dem Kopf. Ein schlechtes Zeichen. Als Manzke dann auf die gestellte Frage eingeht und beteuert, daß man alle Mitarbeiter behalten wolle, und er die Berater darum bittet, dem Unternehmen doch zu vertrauen, entspannt sich die geladene Situation keineswegs. Der Kündigungstermin steht nun einmal im Raum. Inzwischen zweifle ich an Manzkes persönlicher Glaubwürdigkeit.

Einmal gehe ich noch in die Geschäftsstelle, um selbst in Sachen Versicherungen zu beraten. Meine Kundin hat jedoch den vereinbarten Gesprächstermin kurzfristig abgesagt. Überhaupt läuft gerade nicht viel. Das Geschäft ist rapide zurückgegangen. Die Mehrheitsübernahme durch die Versicherungsgesellschaft ist durch die regionale Presse gegangen. Kunden, die auf unabhängige Beratung schwören, sind mißtrauisch geworden. Und die Berater ihrerseits, die zur Zeit selbst nicht wissen, woran sie sind, sind logischerweise nicht in der Lage, die Vorbehalte abzubauen. Lust zu akquirieren haben sie erst recht nicht. Die Stimmung ist denkbar schlecht. Berater treffen sich zu Jammerzirkeln, um den persönlichen Frust abzulassen. Man bestätigt sich gegenseitig in der negativen Sicht der Situation, die dunklen Szenarien verfestigen sich in den Köpfen; aus ihnen werden sich selbst erfüllende Prophezeiungen, denn die Fruststimmung teilt sich zwangsläufig den Kunden mit, die wiederum in einer solchen Atmosphäre keine Vertragsvereinbarungen einzugehen bereit sind. Manche Berater sind nur noch zynisch. Nur ein paar verbliebene Erfolgreiche halten sich von dem destruktiven Gerede fern. Mit einer Kollegin sitze ich im Büro. Wir tauschen Firmentratsch aus, und auch wir ziehen uns hinsichtlich der Firmenzukunft gegenseitig herunter. Dann vertreiben wir uns mit einem Zeichenprogramm die Zeit, das nachträglich auf den Computer gespielt wurde, den wir sonst für Tarifrechnungen benutzen. Mit der Maus lassen wir in Gemeinschaftsproduktion ein Bild entstehen: Zu sehen ist darauf ein Cowboy mit Riesenhut, ein Kaktus, im Hintergrund ein unförmiges Tier, das ein Pferd darstellen soll, in der rechten oberen Ecke die Sonne mit krummen Strahlen. Hitze, Öde, Langeweile, aber auch Sehnsucht und das Warten auf neue Herausforderungen: Das sind die Dinge, die das Bild für mich ausdrückt. Im Menü wählen wir irreale Farben an. Beim Weitermalen unterlaufen uns ein paar Fehler, und dann ist der Bildschirm nur noch eine einzige glutrote Fläche.

Die Muttergesellschaft lädt uns zu einer Versammlung ein, um uns in die große Konzernfamilie aufzunehmen. Alle Berater, Abteilungsleiter, Referenten und Sachbearbeiter erhalten die edel aufgemachten Einladungsschreiben, nur die Sekretärinnen sind ausgeschlossen.

Mit Bussen fahren wir zum Stammsitz des Versicherers ein paar Autostunden entfernt. Kegelclubstimmung. Gelegenheit, Kollegen aus entfernten Regionen wiederzutreffen oder kennenzulernen. Am Eingang des repräsentativen Verwaltungsgebäudes begrüßen uns wichtige Persönlichkeiten des Mutterhauses mit Handschlag. Durch allerlei verwinkelte Flure – hin und wieder kommt uns ein Sachbearbeiter unauffällig entgegen – wird unser Zug in einen großen Saal geleitet, hergerichtet für eine Redeveranstaltung mit Pult und Blumen. An den Tischen auf dem Podium sitzen schon einige andere Gäste. Es sind die Verantwortlichen verschiedener Versicherungssparten bzw. Repräsentanten der durch Überkreuzbeteiligung verbundenen Bank und der ebenfalls verbundenen Fondsgesellschaft. Der Saal füllt sich, bald befinden wir uns alle im Bauch des Wals.

Zunächst richtet der Vorstandsvorsitzende der Muttergesellschaft einige Worte an uns. Er soll mit unserer Geschäftsführung schon seit vielen Jahren bekannt sein und deshalb die Geschicke unserer Firma seit langem verfolgen. Ungewohnt offen spricht er über unsere finanzielle Misere. Er beschreibt präzise die Situation, zeigt auf, wie es dahin kommen konnte, und entwickelt für die neue Konzerntochter eine Zukunftsperspektive mit mehrjährigem Zeithorizont. Ein erfrischender Vortrag eines gelernten Managers. Die Selbstverständlichkeit, mit der er über Ertragsrealitäten unseres Unternehmens spricht, verblüfft mich. Ehedem rankten sich nur Mythen darum, welchen Ertrag unsere Arbeit abwarf bzw. welche Verluste es gab. In Kürze soll diesbezüglich mehr Offenheit herrschen.

Danach spricht der neue blonde Statthalter. Er zeigt enttäuschend wenig Format. Nur mit Mühe verhindert er es, beim Ablesen seiner Rede ins Leiern zu verfallen. Inhaltlich liefert er mehr oder weniger das, was wir in jedem Erstberatungsgespräch standardmäßig als Unternehmenspräsentation von uns geben. Ich frage mich, für wen er eigentlich spricht: für den Vorstandsvorsitzenden, dessen Protegé er zu sein scheint? (Aber dieser weiß doch, wie er eben bewiesen hat, was für einen Laden er da an Land gezogen hat.) Spricht er für die wenigen fremden Repräsentanten? Oder spricht er gar für uns und will uns einmal richtig klarmachen, nach welcher Philosophie unser Unternehmen schon seit 20 Jahren Versicherungen und dergleichen verkauft, so als hätten wir das bis heute nicht so richtig geschnallt?

Anschließend sehen wir den Imagefilm der Versicherungsgesellschaft. Von gegenseitigem Vertrauen zwischen Versicherer und Versicherungsnehmer ist darin die Rede. Zu sehen sind glückliche Kunden, glückliche Mitarbeiter, teures Verwaltungsambiente. Untermalt von Streichern und Bläsern, wird von sozialer Verantwortung gesprochen. Kompetente Entscheidungsträger werden vorgeführt. Ein eingeblendetes Foto zeigt den Vorstandsvorsitzenden im Gespräch mit unserem Statthalter. Aha, denke ich mir, der Blonde ist einer der zentralen Hoffnungsträger des Konzerns. Jetzt gehören also auch wir zu dieser vorbildlichen Unternehmensfamilie. Ausgehaltene sind wir zunächst, die doch absehbar ihr Scherflein zum Wohlergehen des Ganzen beitragen müssen, ansonsten sie wieder verstoßen werden.

Dann kommen die Verantwortlichen für die einzelnen Versicherungssparten zu Wort, unauffällige Männer mittleren Alters mit ansatzweise schütterem Haar. Sie legen dar, wie sehr ihr Ressort zum Erfolg des Konzerns beiträgt. Dann langweilen sie uns mit der Beschreibung einzelner Tarife, die wir, sofern sie für unsere Beratung von Belang sind, ohnehin schon kennen, da wir sie unseren Kunden seit geraumer Zeit anbieten. Zugegebenermaßen bin ich ein äußerst voreingenommener Zuhörer. Ich sehe mich als ein wehrloses Objekt. Hier wird etwas gemacht mit uns, wir sollen geeicht, eingenordet werden. Die Richtung ist längst vorgedacht und bewährt. Daran, daß ich mich verletzt fühle, merke ich, daß ich noch so etwas wie einen Firmenstolz besitze.

Mittags gibt es ein reichhaltiges Buffet. Das informelle Thema des Tages sind die Bestrebungen einiger couragierter Berater, einen Betriebsrat in unserer Firma zu wählen. Ein Regionalleiter fragt mich beim Kaffee nach meiner Meinung dazu. Arglos verkünde ich, daß ich es durchaus für sinnvoll halte, wenn sich Arbeitnehmer zusammenschließen, um ihre Interessen gegenüber dem Arbeitgeber zu vertreten. Verständlich sei dies besonders in unsicheren Zeiten wie dieser.

Der Regionalleiter schaut mich an, als hätte ich ein Sakrileg begangen. Er diskutiert nicht einmal mehr mit mir über dieses Thema, sondern wendet sich einem anderen Nachbarn zu, der mich ein paar Augenblicke später mißbilligend mustert. Ich habe diesen Regionalleiter bis jetzt für einen der Solidarität fähigen Menschen gehalten. Er hat irgend etwas Pädagogisches studiert, also etwas, das auch mit sozialem Verhalten zu tun hat. Dieses praktiziert er wohl nur in seiner elitären Führungsclique. War er schon immer so, oder haben ihn die paar Jahre in der Firma so verbogen? Der Versicherungskonzern, dem wir nun angehören, hat selbstverständlich schon seit langem einen Betriebsrat. Unsere verbliebenen Herren der mittleren Ebene scheinen die Zeichen der Zeit noch nicht ganz zu begreifen. Sie pflegen noch die alte Gutsherrenart, in der man sich bei uns zu Inhaberzeiten die Belange der kleinen Angestellten vom Leibe hielt. Mehrere länger zurückliegende Versuche, einen Betriebsrat zu gründen, waren, wenn man den Legenden glauben darf, vom ehemaligen Chef schon im Keim niedergeschlagen worden.

Am Nachmittag treten nacheinander schließlich auch noch unsere verbliebenen beiden Geschäftsführer an das Pult. Sie rechtfertigen sich, sie werben um Vertrauen. Den Ernst der Lage hätten sie lange Zeit nicht erkennen können, da ihnen (vom Inhaber) nicht alle wichtigen Fakten dargelegt worden seien. Kann man das glauben: uninformierte Geschäftsführer? Müßten sie die nötigen Informationen nicht einfordern bzw. sich der Verantwortung für die Geschäfte entledigen, falls man sie ihnen nicht zur Verfügung stellte? So oder so, ihre Position ist schwach. Nach ihren Reden melden sich Berater zu Wort. Einer, der in seiner Freizeit politisch aktiv ist, sagt, bislang hätten immer nur die Häuptlinge das Sagen gehabt und durch sie sei das Unternehmen in die Krise geraten. Nun sei es an der Zeit, daß auch die Indianer ein Wort mitsprächen. Dazu beziehen die Geschäftsführer nicht offen Stellung, sie winden sich, sprechen abermals vom Vertrauen, das man in die Zukunft des Unternehmens und den guten Willen der Muttergesellschaft setzen müsse. Jetzt gelte es, nach vorne zu blicken. Weitere Berater kommen zu Wort. Es sei einfach unvorstellbar, daß die Geschäftsführer nicht gewußt hätten, wie kritisch die Situation tatsächlich ist. „Bitte glauben Sie uns", fleht daraufhin der frühere Prinz die Menge an. Erneut wird die Frage, ob Kündigungen anstünden, verneint. Es folgen weitere kritische Kommentare aus der Beraterschaft. Die Unzufriedenheit mit den beiden verbliebenen Geschäftsführern macht sich massiv Luft. Wie peinlich muß es für sie sein, in Anwesenheit des Vorstandsvorsitzenden der Muttergesellschaft und der Vertreter verbundener Unternehmen derart scharf angegangen zu werden. Der Vorstandsvorsitzende der Versicherungsgesellschaft stellt sich endlich hinter die beiden. Er hält es in der Tat für möglich, sagt er, daß sie nicht hinreichend informiert waren. Obwohl er mit ihnen doch besser bekannt sein soll, klingt das auch herablassend, so als schätze er die Kompetenz und Autorität der beiden als nicht besonders hoch ein.

In den folgenden Tagen wird unternehmensweit vor allem das Thema Betriebsrat weiterdiskutiert. Daß viele Geschäftsstellen Betriebsräte wählen werden, ist bald gewiß. Engagierte Berater holen bei der zuständigen Gewerkschaft die nötigen Informationen ein. Die Organe der Macht haben die Aktivisten mittels Informanten rasch identifiziert. Diese sind ab sofort übelsten Anfeindungen aus den Reihen der Regionalleiter ausgesetzt, die sie jedoch, einmal entschieden, in Kauf nehmen. Erlittene Anfeindungen verleihen ja auch Kraft.

Wie sollen wir in der Zentrale verfahren? Von unseren Verträgen her sind wir nicht Angestellte der Beratungsgesellschaft, sondern der übergeordneten Holding. Wenn wir einen Betriebsrat wollen, müssen wir uns selbst regen. Wir bräuchten einen Wahlausschuß und müßten nach Kandidaten Ausschau halten. Zu ein paar Kollegen auf Referentenebene treffen wir uns konspirativ in meinem Büro. Alle, meine Person eingeschlossen, äußern sich grundsätzlich positiv dazu, Arbeitnehmervertreter zu wählen, aber niemand ist bereit, die

Sache verantwortlich in die Hand zu nehmen. Was aber bringen lauter Mitmacher ohne einen Macher? Uwe sagt am deutlichsten, daß er sich aus allem heraushalten will. Er will keine schlechte Presse haben. Er sieht, wie er andeutet, seinen nächsten Karriereschritt in greifbare Nähe gerückt – möglicherweise hat er schon einen Wink bekommen –, und er möchte sich die schöne Aussicht nicht verbauen. Warum sitzt er eigentlich hier, frage ich mich, ist er ein Spitzel? Mir kommt es vor, als habe die Rhetorik seines Abteilungsleiters auf ihn abgefärbt. Jener sagt, ein Betriebsrat sei zwar eine feine Sache, aber die, die sich jetzt engagieren würden, seien die *falschen* Leute, Unfähige. Ja, und die *Richtigen*, die Gescheiten, die würden eben nicht mitmachen. Im Kopf hat Uwe, so kommt es mir vor, die Seite bereits gewechselt. Das Treffen verstreicht fruchtlos. Wir geraten nicht in die Aufbruchsstimmung, die Voraussetzung wäre, um Maßnahmen zu vereinbaren. Schuld daran ist vermutlich zu einem Teil Uwes Votum, denn unter den Referenten ist er seiner Kompetenz und seines einnehmenden Wesens halber eine Art Leitfigur. Aber auch unsere Angst vor dem Druck der Oberen, die die Gründung des Betriebsrates zu verhindern trachten und denen wir in der Zentrale so beängstigend nahe sind, dürfte ein wichtiger Grund für unsere Unentschlossenheit sein. Zuletzt hat Uwe vielleicht auch nur ausgesprochen, was jeden von uns ein bißchen bewegt: Wenn man sich ausmalt, es in diesem Unternehmen noch zu etwas zu bringen – und wer tut das nicht im Hinterstübchen? –, wird man sich nicht als Betriebsrat oder Sympathisant alle Chancen kaputtmachen.

Ich habe innerlich zu den aktuellen Entwicklungen in der Firma noch nicht letztendlich Stellung bezogen. Blicke ich um mich, beobachte ich drei Tendenzen: Bei einigen herrscht der Ehrgeiz vor, die sich voranwälzenden Ereignisse wie ein Wellenreiter für das rasche persönliche Fortkommen zu nutzen. Wenige andere besitzen die Entschlossenheit, unternehmerischer Willkür die Stirn zu bieten. Die meisten Mitarbeiter jedoch legen zumindest äußerlich eine lammartige Indifferenz an den Tag, dabei entweder ein wenig in Richtung Opportunismus oder in Richtung Störrischsein neigend. Der arbeitskämpferische Aktivismus in vorderster Front liegt mir nicht, der Opportunismus widerspricht meinem Ehrgefühl, und es ist gut möglich, daß ich dazu nicht die nötige „fluide" Anpassungsfähigkeit besitze. Mich als Angestellter zu verkriechen, den Lauf der Dinge ohnmächtig zu beobachten, behagt mir am allerwenigsten. Die Situation wird immer unhaltbarer für mich. Es reizt mich, drängt mich, kitzelt mich, etwas zu tun. Es muß etwas geschehen, und zwar jetzt sofort. Ich möchte das Geschehen selbst mitgestalten und hege die Illusion, ein einzelner untergeordneter Arbeitnehmer könne etwas ausrichten. Wieder einmal ruht das Tagesgeschäft. Zeit ist also vorhanden.

Ich setze eine kleine Abhandlung auf. Auch ich finde, die Mitarbeiter sollten sich einmal zur Situation äußern und Anregungen für eine bessere Zukunft geben. Deshalb schlage ich eine schriftliche Unternehmensbefragung vor. Jede und jeder sollte die Gelegenheit bekommen, so lege ich auf etwa zehn Seiten dar, anonym das gegenwärtige Betriebsklima zu bewerten und die eigenen Ideen zum besten zu geben. Die Fragebögen würden von einem Team ausgewertet, verdichtet, Maßnahmenvorschläge würden abgeleitet, die den Entscheidern vorgelegt würden. Zwischendurch würde man an die Mitarbeiterschaft das vorläufige Ergebnis zurückmelden und um weitere Stellungnahmen bitten. Es schweben mir die Ideale kooperativer Führung vor: alle im Unternehmen vorhandenen Ressourcen nutzen, Synergien freisetzen, Betroffene zu Beteiligten machen. Und halbbewußt möchte ich auch zeigen, was in mir steckt. Meine gesamte Energie lege ich in dieses Schriftstück, auch alle positiven Wünsche und Empfindungen, die ich für dieses Unternehmen noch hege, es ist für mich wie ein letztes Aufbäumen. Die Abhandlung übergebe ich Förster mit der Bitte um Weitergabe an die gesamte Geschäftsführung inklusive Geschäftsleitung: Ich will den Dienstweg einhalten und doch sicherstellen, daß meine Gedanken die obere Etage vollständig erreichen und nicht bei

Manzke hängenbleiben, der sie, wenn überhaupt, bestimmt nur gefiltert weitergeben würde. Förster sieht die Aussichten, daß ich etwas bewirke, als gering an. Er läßt mich aber gewähren.

Als offizielle Resonanz erhalte ich einen wenige Zeilen langen Auszug aus dem Protokoll einer Besprechung der drei führenden Köpfe: Meine Überlegungen seien positiv bewertet worden und flössen in die Arbeit der bestehenden Projektgruppen ein. So hatte ich mir das nicht vorgestellt. Hintenherum höre ich, daß Manzke sich despektierlich über meinen Vorstoß geäußert hat.

Noch vor Weihnachten soll eine Großveranstaltung stattfinden, in deren Verlauf alle Mitarbeiter in Workshops ihre Meinungen und Ideen kundtun können. Haben meine Vorschläge bei dieser Initiative eine Rolle gespielt? Welch Einbildung! *Aus- und Weiterbildung*, fachlich prädestiniert für Organisation und Durchführung, wird nicht informiert, geschweige denn in die Planung einbezogen. Ein externes Institut wird die Veranstaltung betreuen.

V

„Eigentlich hätten wir Sie gerne behalten": Dimensionen der Verletzung

In der Mittagspause werden Förster und ich zu Manzke in die Chefetage bestellt. Verschiedenste Mitarbeiter, die wir auf Gängen und in der Kantine treffen, wissen merkwürdigerweise von dem anberaumten Termin und erinnern uns daran. Unser Erscheinen muß existentiell wichtig sein, ansonsten hätte Manzke den Auftrag, uns zur anstehenden Besprechung vorzuladen, nicht mehrmals verteilt.

Wir fahren mit dem Aufzug nach oben. Weiche Knie, flaue Magengegend, beschleunigte Atmung: Symptome infolge des Rufs in das Zentrum der Macht. Manzkes Sekretärin, ein zartes Geschöpf mit geishahaft behutsamer Gestik, empfängt uns mit ungewöhnlich ernstem Gesicht und führt uns in die innersten Gemächer des ehemaligen Chefs. Am ehrfurchtgebietenden langen Tisch aus dunklem, glänzendem Holz im Besprechungsraum haben bereits Manzke und Sendler, der diensteifrige Personalreferent, Platz genommen. Manzke sitzt am Kopfende, Sendler zu seiner Rechten. Wir werden gebeten, Sendler gegenüber Platz zu nehmen. Die beiden haben wohlgeordnete Unterlagenhäufchen vor sich liegen.

Förmlich teilt Manzke uns mit (und Sendler ist der Zeuge, der einfach nur anwesend ist), daß sich das Unternehmen in einer strukturellen Krise befinde und man deshalb die betriebsbedingte Kündigung aussprechen müsse. Eine großzügige Kündigungsregelung könne man anbieten, die eine arbeitsgerichtliche Auseinandersetzung sowie unsere kurzfristige materielle Not zu verhindern geeignet sei, was doch gewiß auch in unserem Interesse liege. Die Abteilung *Aus- und Weiterbildung* werde mit sofortiger Wirkung aufgelöst, statt dessen werde eine andersgeartete Position eingerichtet, die ein vertriebsnahes Training gewährleisten solle. Entsprechende Telefaxe zur Information seien schon in die Geschäftsstellen unterwegs. Unabhängig davon, ob wir gerichtliche Schritte zur Abwendung der Kündigung einleiten wollten, möchten wir bitte den Empfang des Kündigungsschreibens durch unsere Unterschrift auf einem Duplikat, das Manzke uns im gleichen Moment herüberschiebt, bestätigen. Mit unserer Sekretärin, die gleichfalls gehen müsse, werde man im Laufe des Nachmittags noch sprechen. Beim Lesen der Kündigung würden wir feststellen, daß diese „vorsorglich" ausgesprochen worden sei. Der Grund dafür sei, daß die Kündigung von der Beratungsgesellschaft komme, obwohl wir formal zur Holding gehören würden. Aber wir hätten doch praktisch ausschließlich für die Beratungsgesellschaft gearbeitet und von dieser seit langem auch schon unser Gehalt bekommen, so daß wohl von einem faktischen Arbeitsverhältnis auszugehen sei. Manzke selbst, so wissen wir, ist erst vor kurzem als Geschäftsführer von der Holding zur Beratungsgesellschaft übergeschwenkt. Ein Spiel im Gewirr von Unternehmensformen, und wir, wir sind frei verfügbare Aktionsmasse, ohnmächtig so oder so.

Förster und ich sitzen aufmerksam da, geschäftsmäßig, als sei das alles ganz selbstverständlich.

Ich fühle mich weder traurig noch erregt in diesen Augenblicken, sondern ruhig. Der Körper meldet einen heißen Schauer, aber der ist weit entfernt, ganz gleichgültig. Es ist, als schaue ich dem Ereignis unbeteiligt zu. Ein komischer Film, der hier abläuft: Uns wird gekündigt, ein vollkommen müheloser Vorgang. Ein Mann bricht sein Wort, ein anderer schaut zu, zwei Familienväter sind ohne Arbeit, ebenso eine Sekretärin, die den Schritt in unsere Abteilung als Aufstieg begriff.

Förster und ich schweigen, es ist an Manzke weiterzusprechen. Er kommt zum *menschlichen* Teil des Gesprächs. Er habe das alles nicht gewollt, doch die Muttergesellschaft habe entschieden, unverzüglich Stellen abzubauen. Manzke selbst gehe dieser Schritt sogar sehr tief gegen die eigene

Überzeugung. Wir sollten ihm glauben, daß er uns am liebsten behalten hätte. Manzke stellt sich als Opfer dar. Ich frage mich, warum er sich dafür hergibt, den Vollstrecker zu machen. Warum geht er nicht selbst? Es riecht nach einem Gemisch aus Wahrheit und Lüge, aus Ethos und Selbsterhaltungstrieb und danach, daß jemand, der in den letzten Jahren gewiß sehr viel Geld verdient hat, immer noch meint, weiteres Geld so nötig zu haben, daß er es sich nicht leisten kann, Grundsätzen treu zu bleiben. Meine Wertschätzung für diesen Mann sinkt in diesen Augenblicken rapide. Vor ein paar Wochen hat er mir noch mit verbindlichen Worten den Strampler für Lukas überreicht, und jetzt versetzt er mir den unvermittelten Stoß in die Arbeitslosigkeit. Für einen Menschen, der so agiert, habe ich kein Verständnis.

Es riecht auch danach, daß hier eine alte Rechnung beglichen wird. Ich glaube, daß Manzke Förster nicht mag, ihn für schwer lenkbar, ja für aufmüpfig hält und den Umbruch in der Firma als Gelegenheit nutzt, sich von einem unliebsamen Abteilungsleiter zu trennen. Die Sekretärin und ich, das sage ich mir zum Trost, sind die Anhängsel, die mit daranglauben müssen, damit die Entlassung als objektiv notwendige Folge der Umstrukturierung des Unternehmens gelten kann. Mit dieser ersten Begründung, die ich mir ad hoc zurechtlege, lasse ich mich selbst ungeschoren; mein Selbstbewußtsein könnte den Hinauswurf auf diese Weise ertragen. So wird es nicht bleiben. Es werden Phasen folgen, in denen ich meine, vor allem selbst die Schuld an der Entlassung zu tragen durch persönliches oder fachliches Fehlverhalten.

Manzke sei sicher, so läßt er sich im weiteren Verlauf des Kündigungsgesprächs aus, daß Förster bald eine neue Position finden werde, die seinen Fähigkeiten entspreche. Mich kenne er ja noch nicht so gut, aber auch bei mir sehe er da keine Probleme.

Mit sofortiger Wirkung werden wir von unseren Pflichten freigestellt. Nur die Übergabe der Abteilung an den neuen ,vertriebsnahen Trainer' sei noch in den nächsten Tagen zu regeln. Der Neue ist uns durchaus bekannt. Es handelt sich um Herrn Steinhoff, einen ehemaligen Regionalleiter. Steinhoff ist schon seit vielen Jahren im Unternehmen. Die Regionen wurden in diesen Wochen neu abgesteckt und aufgeteilt. Steinhoffs ehemaliges Gebiet ist jetzt anderen Führungskräften zugewiesen. Steinhoff steigt also gleichfalls ab, bloß muß er nicht so tief hinunter wie wir.

Manzke kommt zum Ende der abgezirkelten Unterredung. Jetzt sollten wir erst einmal nach Hause gehen. Morgen könnten wir mit Steinhoff Kontakt aufnehmen und anfangen, unsere Sachen zusammenzupacken. Plötzlich kommen mir tausend Fragen in den Sinn. Ich möchte die wahren Gründe wissen, die zur Entlassung geführt haben, und den Inhalt aller Erwägungen, die es im Zusammenhang mit der Streichung unserer Stellen gegeben hat. Ich möchte wissen, ob es entscheidende Versäumnisse unsererseits gab, und wenn ja, worin sie bestanden. Doch ich behalte meine Fragen für mich: Die offizielle Version steht auf dem Papier, und niemals wird Manzke so dumm sein, das Wort „betriebsbedingt" in unserer Gegenwart zu hintertreiben. Manzkes Überlegungen und die Gedanken, die in internen Gesprächen zum Tragen kamen, werden mir für immer verborgen bleiben. Ich bin auf Spekulationen verwiesen: auf die hin und her wogende Suche nach Gründen, die ich im Dialog mit mir selbst betreibe, auf die langen Gespräche mit Förster und anderen Kollegen, die in den nächsten Wochen folgen werden.

Das erste innere Unbeteiligtsein angesichts der überraschenden Nachricht bei gleichzeitig gewahrter Aufmerksamkeit, eine Schockreaktion, vielleicht ein sinnvoller Überlebensreflex aus noch härteren Epochen der Menschheitsgeschichte, ist schnell verflogen. Die große Ungewißheit, das große ungeklärte WARUM beginnt sich breitzumachen. Durch das Wort „betriebsbedingt" hat die Kündigung formal ein Aussehen, als sei sie ein Akt höherer Gewalt, und ich könne nichts dafür, doch ins Fleisch hat sich der Stachel der Befürchtung gebohrt (und niemand wird ihn mir herausziehen können), daß sie auch mich ganz persönlich als Mensch und Arbeitskraft meint. Ich kann es nicht glauben, daß etwas ganz ohne eigenes Zutun geschieht. Für einen guten Mann gibt es immer eine Verwendung (wo habe ich das nur neulich gehört?). Da ich die Gründe nie aus erster Hand erfahren werde, versuche ich ihnen auf indirektem Wege näherzukommen. Aus Andeutungen von Kollegen, die zum Teil schlechter informiert sein mögen als ich selbst, aus dem gesamten Verhalten der Mitwelt mir gegenüber versuche ich krampfhaft Rückschlüsse auf eine Wahrheit zu ziehen, von der ich glaube, daß sie in Raum und Zeit existiert, ich müsse nur lernen, ihre Manifestationen zu entdecken.

Der Gang hinunter ins Büro. Das blitzartige Bewußtsein, schon nicht mehr hierherzugehören, ein Fremdkörper zu sein, vom Immunsystem der Firma abgestoßen. Das sind nicht mehr unsere Gänge, das ist nicht mehr unser Aufzug, das sind nicht einmal mehr unsere Büros, die wir betreten, sondern wir sind nur noch Gäste auf Zeit, ungern gesehene dazu, Störer des neuen geregelten Ablaufs. Sprechen Förster und ich auf dem Weg hinunter miteinander? Ich weiß es nicht, die Momente sind bereits zugedeckt, von Scham vielleicht.

Im Alltagstonfall informieren wir unsere Sekretärin über das Geschehen. Sie reagiert mit einem ironischen „Ach ja?", auch das ist wohl eine Schutzreaktion, verbunden mit der instinktiven Einstimmung auf Försters und meine vorgebliche Selbstverständlichkeit: Wir drei sitzen gemeinsam in einem gestrandeten Boot und müssen nun das Beste aus dieser Lage machen.

Das Telefon schellt. Ein befreundeter Berater ruft aus einer Geschäftsstelle an. Gerade hat er das Fax gelesen. Er findet es unglaublich und bedauert es sehr, daß wir gehen müssen. Der neue Vertriebstrainer sei ja wohl eine Pfeife, sagt er, womit er, vermutlich aus einem Gefühl der Solidarität heraus, Försters typischen Tonfall der Mißbilligung aufnimmt. Es folgen weitere Anrufe. Auch einer der Betriebsratsaktivisten meldet sich. Jetzt ärgere ich mich, daß wir das Thema in der Zentrale nicht entschieden vorangetrieben haben. Als Betriebsratskandidat besäße ich jetzt einen ziemlich guten Kündigungsschutz. Dafür ist es nun zu spät. Ich erfahre, daß an diesem Tag (wir haben das Stichdatum, das Manzke in der Schulung nannte) auch in den Filialen eine Reihe von Kündigungen ausgesprochen wurden. Es handelte sich sozusagen um eine konzertierte Aktion, um einen Befreiungsschlag des Unternehmens und zugleich um einen geballten Angriff gegen die Arbeitnehmerschaft.

Wie die gutgemeinten Anrufe beweisen, bin ich schon ein Toter, ein Stück Vergangenheit. Man kondoliert mir zu meinem eigenen Dahinscheiden. Zwar ermutigt man mich, um meine Stelle zu kämpfen, aber ganz ernst gemeint wirkt das nicht. Die übermächtige Attacke hat die Belegschaft eiskalt erwischt und in der Breite Lähmungserscheinungen hervorgerufen. Mit Gelassenheit, also fortgesetzt unter Schock, nehme ich die Beileidsbekundungen entgegen. Ich lasse mir die wohltuenden Thesen gefallen, mit denen man mich umgibt: Die da oben, die schon die Krise der Firma verschuldet haben, die haben keine Ahnung, welche Leute gut sind, und machen schon wieder alles falsch. Und: Bei Kündigungen müssen die Zuletztgekommenen immer zuerst daranglauben.

Der neue Chef hat sich an diesem Tag die Hände nicht schmutzig gemacht. Am Rande hören wir, er befinde sich im Urlaub. Es liegt nahe, daß er lieber allein als Held des Aufbruchs zu neuen Ufern dastehen möchte denn als Kammerjäger, der das Geschmeiß erledigt. Dies läßt wiederum den Schluß zu, daß auch Manzke, der nun allein die Arbeit des Liquidierens von Personal verrichtet, keine besonders rosige Zukunft zu gewärtigen hat: Ihn wird man wohl nur noch so lange brauchen, wie es sein schmutziger Job verlangt, und sich dann rasch von diesem Dunkelmann trennen. Aus dieser Überlegung ziehe ich zweifelhaften Trost.

Es ist nicht eine einzige Emotion, sondern es sind viele verschiedenartige, zum Teil widersprüchliche, die die Kündigung in den nächsten Wochen und Monaten in mir wecken wird. Eine neue Facette des bunten Fächers erscheint bereits, als ich an diesem Nachmittag zu Hause angekommen bin. Es ist das Gefühl des Befreitseins. *Dort* wirst du nicht mehr arbeiten müssen. *Dieser* Druck ist vorbei und *diese* Ungewißheit, ob deine Arbeit geschätzt wird oder nicht. *Das* ist nicht dein Platz. Du darfst, nachdem sich die Firma von dir losgesagt hat, nun auch deine eigenen verwickelten Beziehungen, die du zu diesem Arbeitgeber hast, einfach durchschneiden. Die Einsicht taucht auf, daß unter den Bedingungen des Überlebenskampfes, wie ich ihn in den letzten Monaten führte, die eigentliche Arbeit ohnehin nicht blühen und keine Früchte tragen konnte. Ich weiß, das Ende *dieser* Seelendeformation ist absehbar. Allerdings ist die Wunde noch so frisch, daß ich mich nur ein paar Atemzüge lang in diesem Sonnenaufgangsgefühl einrichten kann.

Marike teile ich die Nachricht *amüsiert* mit, mich weiterhin vor dem Ernst der Lage schützend. Sie findet, die Entlassung ist ein Hammer, aber *so sehr* schockiert sie das Ganze auch wieder nicht. Ich hätte in letzter Zeit doch auch selbst immer davon gesprochen, die Firma verlassen zu wollen, ja sogar hin und her überlegt, ob ich diesen heutigen Kündigungstermin verstreichen lassen soll oder nicht. Das stimmt allerdings. Ich war in Anbetracht der Enttäuschungen in den letzten Wochen wirklich einige Male nahe daran, den Schritt selbst zu vollziehen. Um so stärker nehme ich in diesem Moment die Kluft zwischen einer freiwilligen und einer unfreiwilligen Kündigung wahr.

Ich ziehe mich erst einmal um, und dann gehen wir mit Lukas in die Stadt, um irgendwo einen Kaffee zu trinken.

Am Abend schellt es bei uns an der Haustür. Den unangemeldeten Besucher, der die Treppe heraufkommt, erkenne ich als den Chauffeur unseres ehemaligen Chefs. Er soll uns etwas übergeben. Ich bitte ihn herein, doch er zieht es vor, im Hausflur stehen zu bleiben. Ich öffne das Kuvert. Es ist die zweite Kündigung an diesem Tag, sie kommt von der Holding, die in dieser Situation nicht auf Förster und mir sitzenbleiben will. Auch diesmal handelt es sich um eine vorsorgliche Kündigung, und wiederum soll ich eine Zweitschrift gegenzeichnen. Neben dem Platz, der für meine Unterschrift vorgesehen ist, steht das Wörtchen „einverstanden" – eine Frechheit. Ich möchte dem zierlichen Menschen mit grauen Schläfen eine runterhauen, ihm, dem unschuldigsten Überbringer der Nachricht. Einverstanden bin ich mit dieser Nacht-und-Nebel-Aktion ganz und gar nicht. Ich streiche das betreffende Wörtchen durch und ersetze es durch „zur Kenntnis genommen". Meine Gestaltungsspielräume sind klein geworden.

Da stehe ich nun mit zwei vorsorglichen Kündigungen: Offenbar schon seit längerem wußte man in Beratungsgesellschaft und Holding, einst gewiß auf kluge Empfehlung findiger Juristen gegründet, nicht mehr genau, wem von beiden mein Arbeitsplatz exakt zuzuordnen ist. Keine Seite hat sich jedoch verpflichtet gefühlt, mich über die bestehende Unklarheit meines Vertragsverhältnisses zu informieren. Diese Unklarheit hindert beide Firmen andererseits nicht daran, präventiv reinen Tisch mit mir zu machen und die Kündigung auszusprechen – gewiß war auch dabei wieder findige juristische Hilfe im Spiel, die so vieles möglich macht im Interesse des Arbeitgebers. Ich fühle mich aufs übelste hintergangen. Ich bin fassungslos. Härter kann es nicht kommen, denke ich – doch es kann.

Als ich am nächsten Morgen in der Firma erscheine und mein Büro aufschließen will, denke ich, das Schloß ist defekt. Der Schlüssel läßt sich nicht mehr drehen. Förster geht es genauso. Das kommt uns merkwürdig vor. Im Gebäude versuchen wir Hilfe aufzutreiben, bis man unsere finsterste Ahnung bestätigt und uns mitteilt, daß unsere Schlösser ausgewechselt wurden. Dies sei ein Routinevorgang. Es ist die Routine des Mißtrauens und der Menschenverachtung. Man hat uns über Nacht nicht nur unsere berufliche Heimat genommen, sondern uns auch zu Ehrlosen erklärt, denen man die kriminelle Energie zutraut, die neue Situation unverzüglich mit dem Diebstahl von brisanten Informationen zu beantworten. Die Furcht des Unternehmens vor dem Verlust internen Materials verschafft uns immerhin die Illusion, wir seien noch wichtig. Unter Aufsicht betreten wir unsere Büros, um unsere persönlichen Dinge herauszuholen. Das ist demütigend. Diesem Unternehmen gegenüber fühlen wir uns zu nichts mehr verpflichtet. Indessen räumen wir unsere Büros mit derart gewissenhafter Ruhe, daß es unserem Beaufsichtiger, einem guten Kollegen ehedem, peinlich zumute wird. Er läßt uns schließlich doch allein.

Wir durchforsten Akten nach persönlichen Aufzeichnungen. In mitgebrachten Plastikkisten verstaut werden privat angeschaffte Büroaccessoirs, Fotos und die Strickjacke, die seit Monaten unbenutzt auf dem Bügel hing. Innerhalb von Stunden ist das Büro entlebt. Den Wagen habe ich auf einem bewachsenen Erdhaufen direkt gegenüber dem Haupteingang geparkt. So habe ich nur kurze Wege zwischen Büro und Auto zurückzulegen –, es steckt aber auch das Aufbegehren des Gebrochenen, Entkräfteten dahinter. Die Botschaft soll lauten: Ich parke mein Auto nun da, wo niemand anders es wagt. Ich bin frei. Das Auto steht schräg, dynamisch, unkonventionell im Matsch. Mit der Geziertheit ist es vorbei. Der Cowboy muß nicht erst in die Tiefgarage, um sein Pferd zu holen.

Zuletzt nehme ich mir den großen Farn vor, um auch ihn im Wagen zu verstauen. Als ich den schweren Topf aus dem Kunststoffkübel hebe, der unter dem üppigen Grün fast vollständig verschwunden war, sehe ich, daß ich den Farn die ganze Zeit lang viel zu stark gegossen habe. Ein paar Liter fauligen, übelriechenden Wassers stehen in dem Kübel. Ich hinterlasse ihn so, wie er ist. Der Boden um den Kübel herum ist von abgefallenen, gelben Blättern bedeckt, als sei es auch in diesem Büro Herbst geworden.

Nur noch wenige Male kommen wir in die Firma, um Steinhoff die Abteilung zu übergeben. Dieser hat sich inzwischen an Försters bisherigem Schreibtisch ausgebreitet und behandelt unsere Sekretärin, die noch vollen Dienst schieben muß, wie ein rechter Herr und Gebieter. Steinhoff will alles, was wir getan haben und wie wir es getan haben, ganz genau von uns wissen. Wir stellen unsere Arbeit höchst anspruchsvoll dar und konstatieren, was wir auch konstatieren wollen: daß Steinhoff unsere Arbeit nicht einmal versteht – wie soll er sie dann fortführen können? Es ist mir nicht begreiflich, daß er sich bereit erklärte, ins Training überzuwechseln, und das verhehle ich ihm gegenüber nicht. Meine Haltung ist Feindseligkeit. Auch er sei nur ein Angestellter, sagt Steinhoff, und habe eine Familie zu ernähren. Er trat einst mit höherem Anspruch an, erzählt er. Nach der Uni habe er wählen können zwischen einer aussichtsreichen Stelle bei einem Autohersteller und dem Beraterjob in dieser Firma. Er sei hierhergegangen aufgrund der Faszination, die unser früherer Chef auf ihn ausgeübt habe. Und jetzt dieses. Anfang vierzig mag er sein. Sein Gestrandetsein ist weniger auffällig, dafür vielleicht endgültiger als meins.

In der Kantine demonstrieren, insbesondere wenn Vorgesetzte anwesend sind, einige Kollegen Distanz. Sie grüßen nur äußerst knapp herüber, geschweige denn, daß sie für einen Smalltalk an unseren Tisch kommen. Andere dagegen, die wie ich finde Gefestigteren und Kompetenteren, befürchten offenbar keine Konsequenzen, wenn sie sich mit uns sehen lassen. Sie unterhalten sich durchaus sachlich mit uns über unsere Lage. Ganz wenige von ihnen waren schon im Vorfeld über unsere bevorstehende Kündigung informiert. Daß sie uns die Information nicht steckten, kann ich ihnen nicht übelnehmen. Es wäre zu gefährlich für sie gewesen, wenn herausgekommen wäre, daß sie nicht dichtgehalten hätten. Die verbliebenen Freunde im Unternehmen bekommen einen sentimentalen Zug um den Mund herum, wenn sie sich dabei ertappen, uns weiterhin mit Firmentratsch zu behelligen. Ihre Urteile über Dritte sind jetzt vernichtender als ehedem. Mehr als einmal heißt es: „Sei froh, daß du aus diesem Laden heraus bist!" Das klingt nicht glaubwürdig, denn alle, die das sagen, sind bislang noch geblieben. Manche Kollegen versuchen zwischen Mitgefühl („Du, das tut mir echt leid, du!") und Schmeichelei („Mit deiner Qualifikation wirst du bestimmt bald was Neues finden!") Hintergrundinformationen zu erhalten, die wir nicht besitzen.

Sollen wir das alles hinnehmen? Förster und ich suchen einen ersten Anwalt auf (ein beneidenswerter Mann, denn zum einen hat er Arbeit, und zum anderen ist er sein eigener Arbeitgeber). Dieser räumt Förster etwas größere Chancen ein als mir, seinen Arbeitsplatz zu behalten, da es den Anschein habe, als bleibe seine Position trotz des geänderten Namens der Abteilung erhalten und als werde sie mit Steinhoff neu besetzt, wodurch die Betriebsbedingtheit der Kündigung in Frage gestellt sei. Doch ist es sinnvoll, so fragt er uns, für einen Arbeitgeber tätig zu sein, der einen nicht mehr will, der nicht mehr vertraut, der einem das Leben schwermachen kann durch Isolation oder durch den Entzug jeder sinnvollen Aufgabe? Letztlich rät er, Kündigung und Abfindungsvereinbarung zu akzeptieren, er rät dies gratis – „fürs Wiederkommen". Wir zweifeln. Ein zweiter Anwalt gibt den gleichen Rat und schreibt dafür eine Rechnung über einige hundert Mark. Ich befrage noch einen dritten Juristen, einen befreundeten Arbeitsrechtler, der bei der Gewerkschaft beschäftigt ist – selbst er rät von der gerichtlichen Auseinandersetzung ab. Erst jetzt lasse ich die uneingestandene Hoffnung fahren, formaljuristischer Beistand könne mir zur märchenhaften Rückkehr zu einem glücklicheren Zustand verhelfen. Es wird mir bewußt, daß es im Kern nicht um Rechtspositionen geht, sondern um eine zerstörte Arbeitsbeziehung; und die kann niemand, der von außen kommt, reparieren.

Winkelzug der Ohnmacht: An einem Morgen in diesen Tagen suchen wir Herrn Renger auf, den Geschäftsführer, der noch die Überbleibsel der Holding vertritt und seit der Übernahme der Beratungsgesellschaft durch den Versicherer darum streitet, welche Unternehmensanteile noch seiner Kontrolle obliegen. Förster und ich sind uns darin einig, daß wir

Steinhoff, der sich anschickt, uns wie Zitronen auszupressen, nicht ohne weiteres sämtliches in unserem Bereich gespeichertes Wissen überlassen wollen. Wir bitten Renger um förmlichen Rat, da die Schulungsabteilung dem Buchstaben nach der Holding zuzurechnen ist. (Wir bitten ihn in unserer Hilflosigkeit, denn er war es, der die durch den Chauffeur überbrachte zweite Kündigung in die Wege leitete.) Renger sieht die Sache genauso wie wir und verbietet es uns wunschgemäß, Informationen oder Material herauszugeben. Daß die Beratungsgesellschaft, obwohl unzuständig, die Schlösser ausgewechselt hat, findet er skandalös, indessen Renger freilich in den gegenwärtigen Turbulenzen augenscheinlich Dinge beschäftigen, die für ihn überlebenswichtiger sind als eine Schulungsabteilung, die nach dem Wegfall des Beratungsbereiches für die Holding tatsächlich ihren Sinn verloren hat. Immerhin, Förster und ich glauben einen Weg gefunden zu haben, Steinhoff in der Übernahme unserer Abteilung zu behindern. Bevor wir Steinhoff mit unserer frohen Botschaft konfrontieren, ab sofort keine Informationen mehr herauszugeben, übergeben wir rasch in der Personalabteilung die unterschriebenen Abfindungsangebote und lassen uns deren Empfang wie gelernt quittieren, denn das Geld wollen wir uns natürlich sichern.

Angesichts der Nachricht, die wir Steinhoff siegesgewiß übermitteln, setzt dieser für einen Moment eine selten einfältige Miene auf, eben die eines über den Tisch gezogenen gutgläubigen Lohnempfängers. Darauf verschwindet er aus dem Büro. Für eine halbe Stunde haben wir unser Territorium zurückerobert. Dann sucht Manzkes Sekretärin uns auf und gibt uns einen Schrieb. Der Inhalt lautet, daß man sich, sofern wir die Abteilung nicht ordnungsgemäß übergäben, nicht an die Abfindungsvereinbarung gebunden fühle. Mit ihrer fernöstlich anmutenden Freundlichkeit setzt die Sekretärin eine persönliche Bemerkung hinzu: Es sei schade und tue ihr, nachdem wir immer sehr gut miteinander ausgekommen seien, ausgesprochen leid, daß wir nun auf eine solche Art miteinander umgehen müßten. Als Mensch gibt sie uns damit, da das alles nicht von uns ausgegangen ist, recht. Anrührend, so etwas aus dem Dunstkreis des finsteren Abwicklers zu hören, praktisch jedoch ist die Gefühlsäußerung leider nicht hilfreich.

Wir haben uns in eine Zwickmühle hineinmanövriert: Auf der einen Seite Rengers Verbot der Informationsweitergabe, auf der anderen die an die Übergabe der Abteilung gebundene Geldsumme. Egal, was wir tun, wir verstoßen gegen eine der widerstreitenden Anweisungen. Es folgt ein fast panischer Anruf beim Anwalt. Der beruhigt uns: Wenn die beiden in Frage kommenden Arbeitgeber sich schon untereinander nicht einigen könnten, worin unsere Pflichten zur Zeit bestünden, dürfe es uns nicht zum Nachteil ausgelegt werden, wenn wir es nicht beiden Parteien zugleich recht machen würden. Der Anwalt empfiehlt, Steinhoff die gewünschten Informationen zu geben, falls wir den Erhalt der Abfindungssumme nicht gefährden wollten. Unsere Aktion hat allein bewirkt, daß wir uns eine Blöße gegeben haben. (Jetzt sind wir es, die dumm dreinschauen.) Wir beugen uns der Macht des Kapitals und schicken uns in die weiteren Gespräche mit Steinhoff. Wer wollte an unserer Stelle auf das Überbrückkungsgeld verzichten?

Das blamabel gescheiterte Unterfangen, die Übergabe der Abteilung zu verweigern, geht wohl auf das Konto der durch die Ausnahmesituation hervorgerufenen Überforderung. Ich sehe mich außerstande, die Realitäten unter langfristigem Gesichtspunkt zielbezogen zu gestalten. Jede Vernünftigkeit ist mir wie abhanden gekommen. Es geht mir nur noch darum, meine Haut zu retten von beschämendem Augenblick zu beschämendem Augenblick. Alle Sicherheiten sind geraubt, der Boden ist mir wie bei einem Erdbeben unter den Füßen weggezogen. Das bißchen Selbstkontrolle, das mir geblieben ist, wird davon aufgezehrt, inmitten der Naturgewalten, die in mir und um mich herum tosen, weiterhin die Fassade des funktionierenden Zeitgenossen an den Tag zu legen. Ich spüre ganz deutlich: Allein die unbeirrte Antihaltung, mit der ich der Unternehmensräson entgegentrete, beugt dem Zusammenbruch vor. Da muß ich durch, das weiß ich, und ich gestehe mir ein gewisses Maß an Unbedachtsamkeit zu, als regte sich in mir behutsam eine besonnenere und übersichtsreichere Instanz, die dem eingeschränkten, von der Situation absorbierten Ich die Zügel locker läßt.

Manchmal will mich auch der Stolz verlassen, und ich möchte den Kopf gesenkt tragen, niemanden mehr anschauen während dieser letzten Tage in der Firma. Unerträglich werden die Blicke voller Mitgefühl, unerträglich das allenthalben gewissermaßen sichtbare Aufatmen darüber, im Zehn-kleine-Negerlein-Spiel noch nicht (wie ich) ausgeschieden zu sein, unerträglich ebenso die von der Geschäftsmäßigkeit um mich herum mit Beiläufigkeit vor Augen geführte Tatsache, in der ausgeübten Funktion problemlos ersetzbar zu sein, eine Tatsache, die für den, der Arbeit hat, meist nicht mehr ist als eine abgedroschene Platitüde, für mich aber unvergeßlich bitter schmeckende Wirklichkeit.

Ein paar Wochen später der Ausstand. Eine Abteilung hat dankenswerterweise ein großes Büro zur Verfügung gestellt, in dem wir mit den eingeladenen und spontan dazukommenden Kollegen zusammensein können. Ich habe wenig Lust auf diese Feier. Die Initiative ist von Förster ausgegangen, der sich auch um Getränke und etwas zu essen kümmern will. Weil ich diesen Lebensabschnitt korrekt beenden und mich nicht wie ein Dieb davonstehlen möchte, klinke ich mich mit ein.

Nach der Übergabe der Abteilung bin ich nicht mehr in der Firma gewesen. Wozu auch? Widerwillig setze ich mich ins Auto. Aus der bewußtlosen Routine, mit der ich die vertraute Strecke quer durch die Stadt Ampel für Ampel zurücklege, steigt für Augenblicke diejenige Intensität auf, mit der man eine endgültige Handlung vollzieht.

Über die Treppe, um nicht auch nur eine einzige Sekunde als Blickfang im Foyer vor dem Aufzug zu verbringen, begebe ich mich zu der Abteilung, in der wir uns treffen wollen. Auf dem Flur kommt mir schon Clauß, der Abteilungsleiter, entgegen, ein alter Haudegen, der nie um eine Pointe verlegen ist. Eben habe er mit Förster telefoniert. Dieser habe ihm gesagt, daß der Ausstand heute nicht stattfinden könne und verschoben werden müsse. Ich reagiere ungläubig auf diese überraschende Mitteilung: Wieso weiß ich nichts davon? Clauß schiebt irgendwelche Gründe vor, die ich ihm, weil er sie im Ernst seines fortgeschrittenen Alters vorträgt, auch abnehme. Ich will dann, wo ich schon einmal da bin, noch ein paar Leuten in der Abteilung guten Tag sagen. Die angebliche Verschiebung des Termins stellt sich als ein Scherz heraus. Förster ist mit den kalten Platten längst da, und die ersten Kollegen sitzen schon mit einem Glas Sekt in der Hand auf den Schreibtischkanten. Kurz nach mir kommt Clauß herein und gibt mit dröhnender Stimme seine Geschichte von der Verschiebung des Ausstandes zum besten und wie ich darauf hereingefallen bin. Ein harmloser Spaß, gewiß, aber mir reicht es eigentlich schon für diesen Nachmittag. Meine Toleranzschwelle ist niedrig angesiedelt zur Zeit, und ich glaube Clauß in diesem Augenblick ein bißchen genauer kennenzulernen: Er beherrscht sein Fachgebiet im Schlaf, er schult derart exzellent, daß Generationen von Trainees ihn angehimmelt haben; seine hintergründige Klugheit und sein Talent, integrative Gemütlichkeit um sich zu verbreiten, haben ihm dazu verholfen, daß seine Mitarbeiter ihn wie einen Guru verehren, was so weit geht, daß der engste seiner Vertrauten sogar den stockend-verschlagenen Tonfall kopiert, in dem Clauß seine Pointen vorbringt, ohne freilich zu ähnlich intelligenten Gedankenwendungen zu gelangen wie jener. Am Ende reicht es bei Clauß jedoch nur hin, diese Einsicht drängt sich mir nun auf, seine Witze auf Kosten eines offenkundig Geschwächten zu machen, eine besonders unangenehme Form von Opportunismus, finde ich. Mit diesem Urteil gewappnet, bin ich in der Lage, den Rest des Nachmittags dazubleiben. Nur ein paar Minuten lang noch muß ich meine Gesichtszüge kontrollieren.

Während ich mich zu einzelnen Grüppchen hinzugeselle

und mit verschiedenen Kollegen unverbindliche Gespräche führe, wird mir klar, daß mit meiner Entlassung die gemeinsame Basis, die die Anwesenden mit mir verband, weggebrochen ist. Allein die Gegebenheit, beim gleichen Arbeitgeber beschäftigt zu sein, brachte bisher auf natürliche Weise zahllose Gesprächsthemen hervor. Acht Stunden am Tag bewegte man sich in der gleichen Kultur und Erlebniswelt. Es gab zwangsläufig viele gemeinsame Erfahrungen, und doch sah jeder das Unternehmen aus einem etwas anderen Blickwinkel, so daß jeder Kontakt neue Gesichtspunkte ans Licht brachte und dazu beitrug, zu einem Gesamtbild des Mysteriums zu gelangen. Jetzt befragen mich die feinfühligen Kollegen nach meinen Plänen, anstatt mit mir über Firmeninterna zu diskutieren. Würde ich umgekehrt darauf bestehen, weiterhin über die Firma zu sprechen, wäre das vermessen. Die Interna gehen mich ja schon nichts mehr an. Es bleiben nur wenige liebgewonnene Kollegen übrig, zu denen der Kontakt in den vergangenen zwei Jahren so tief geworden ist, daß auch über private Themen länger als ein paar Sätze miteinander gesprochen werden kann, ohne daß das Gespräch Gefahr liefe, durch gewaltsame Vertiefung der Indiskretion anheimzufallen.

Uwe ist auch gekommen. Es ist noch nicht offiziell, aber nachdem sein Vorgesetzter jüngst gekündigt hat, um sich mit einer Clique ehemaliger Führungskräfte des Unternehmens selbständig zu machen und eine eigene Beratungsgesellschaft zu gründen, wird er nun die Marketingabteilung leiten.

Kurz spreche ich auch mit dem engsten Vertrauten von Clauß. Wieder einmal höre ich, daß das Arbeiten hier keine Freude mehr mache. So ein Abgang wie meiner, vergoldet durch mehrere Gehälter als Abfindung, sei doch eigentlich eine feine Sache. Ich glaube dem Vertrauten nicht einen Augenblick, daß er tatsächlich fortzugehen beabsichtigt, und frage ihn, wie er denn, wenn es ihn nicht mehr in der Firma halte, die nötige betriebsbedingte Kündigung herbeiführen wolle. Er hält mir entgegen, man brauche sich dazu doch nur mit schriftlichen Verbesserungsvorschlägen an die Geschäftsleitung zu wenden. Soll das ein freundlich gemeinter Hinweis darauf sein, daß man mit Ideen wie der von mir angeregten Klimabefragung in dieser Firma leider nicht durchdringe? Oder soll ich die Bemerkung als Wink verstehen, daß ich mich mit meinem Vorstoß selbst ins Abseits begeben habe und das Unternehmen mit so illoyalen Leuten wie mir selbstverständlich nicht zusammenarbeiten kann (ein Trottel, der das nicht versteht)? Der linkische Tonfall des Vertrauten, der in Anlehnung an Clauß wohl Ironie signalisieren soll, läßt beide Auslegungen zu. Mir ist nicht nach Doppelbödigkeit, auch nicht nach aufreibender Klärung des wirklich Gemeinten. Ich breche diesen Dialog ab.

Wie ist dieser Tag zu Ende gegangen, von wem habe ich mich eigentlich verabschiedet? Ich weiß es nicht mehr. Die Erinnerung an das Ende dieses Ausstandes weist große Lücken auf. Dies läßt darauf schließen, daß es noch ein paar weitere sehr unangenehme Momente gegeben hat. Haften geblieben ist allerdings, daß Clauß mir für die Zukunft alles Gute gewünscht hat, und ich solle doch einmal wiederkommen.

Die Firma habe ich seitdem nicht mehr betreten. Bis heute bin ich Förster das Geld schuldig, das er für die kalten Platten von mir bekommt.

VI

„Trink nicht so viel!"

Ich laufe im Bademantel durch die Wohnung und fühle mich reichlich unnütz in dieser Welt. Vieles wäre zu erledigen: Überall liegen Babysachen herum, unabgeräumte Essensreste, Zeitungen, irgendwelche Papiere, Taschen, Schuhe, Schlüssel, die Post von Tagen, flüchtig geöffnet und unsortiert. Wir werden dem Chaos in der Wohnung nicht mehr Herr. Sauber gemacht werden müßte auch mal wieder, aber vorher wäre aufzuräumen. Jetzt, da ich tagsüber viel zu Hause bin, macht sich unbequem bemerkbar, wie klein unsere Wohnung eigentlich ist für drei. Stimmt das? Nein, vor allem bin ich gereizt. Hier ist nun mein Platz, die häuslichen Pflichten sind ab sofort exakt zur Hälfte die meinigen. Dabei möchte ich … was möchte ich eigentlich, ich weiß es auch nicht. Ich schlafe viel und träume wild. Hauptsächlich bin ich nun der deprimierte, hilfebedürftige und doch unzugängliche Gesprächspartner von Marike und der Vater, Erzieher, das selbstzweiflerische Vorbild Lukas'.

So merkwürdig es klingt, eine Prise Selbstbewußtsein ziehe ich immer noch aus der Tatsache, der Ernährer der Familie zu sein, denn mein Gehalt läuft bis zum Jahresende weiter. Mit diesem Dünkel verschone ich Marike in Auseinandersetzungen, die jetzt häufiger werden, durchaus nicht.

Die Tage treibe ich dahin, lasse vieles von dem, was ich als meine neuen Aufgaben im Haushalt doch vor mir sehe, mit schlechtem Gewissen liegen und berufe mich dabei Marike gegenüber im Notfall auf banale Gründe wie den des Stellenanzeigenlesenmüssens oder auf außer Haus anstehende Erledigungen.

Es zieht mich unwiderstehlich nach draußen jetzt. Wann

immer es möglich ist, bin ich unterwegs mit Lukas im Tragetuch oder im Kinderwagen auf ein- bis zweistündigen Rundtouren durchs Viertel, durch die Stadt und den nahen Park, denn der Kleine braucht ja frische Luft und vitaminspendendes Tageslicht. Und ich brauche wohl das gleiche. Mit Lukas bin ich allein und doch nicht allein. Genau für diesen Zustand bin ich nun empfänglich. Lukas stellt mir keine Fragen, in seinem Blick ist kein Mitleid und keine unausgesprochene Herablassung. Er dankt mir, glaube ich, daß uns jetzt mehr körperliche Nähe verbindet, und er unterbricht nicht mein Grübeln, durch das ich diesen Berg aus Eisen namens Kündigung zur Seite schieben will wie ein Umnachteter – bis er schließlich schreiend darauf aufmerksam macht, daß er nun hungrig ist, und ich mit ihm nach Hause eile, damit Marike ihn stillen kann.

Ungern rufe ich die Erinnerung daran wach, wie ich denjenigen, mit denen ich verbunden bin und die es wissen sollten, eröffne, keine Arbeit mehr zu haben. Ich will dies jeweils sowohl ernst als auch mit Selbstverständlichkeit sagen wie einer, der in seinem Leben schon Schlimmeres überstanden hat. Aber gerade in der Überbewußtheit, mit der ich mein Sprechen kontrolliere, gibt es keinen Tonfall, der meine Scham verbergen kann.

Stets liefere ich Begründungen für die Entlassung mit, die mich als eines von Millionen Opfern der Rezession erscheinen lassen, und nie vergesse ich hinzuzufügen, daß man gleich unsere ganze dreiköpfige Abteilung aufgelöst hat samt einem Abteilungsleiter, der unbestritten erfahrener und sachkundiger ist als ich. Jedesmal fühle ich dann einen sehr kurzen, sehr festen Blick auf mir ruhen, der nur ein einziges zu sagen scheint: Diese Kündigung gehört zu dir, und du bist es ganz allein, der damit fertig werden muß.

Ich gewöhne mich an die Anteilnahme, mit der man auf meine Mitteilung reagiert. Die unausweichlich wiederkehrende Frage, was ich denn nun tun werde, pariere ich mit der ebenso unausweichlichen Antwort, mich um eine neue Stelle kümmern zu wollen. Des weiteren lasse ich Tips über mich ergehen, bei welchen Arbeitgebern ich es doch einmal mit einer Bewerbung versuchen solle. Ich bitte darum, mir die Namen der entsprechenden Firmen und Ansprechpartner noch einmal zu wiederholen, um zu zeigen, daß ich den freundlichen Rat beherzigen will, fühle mich jedoch ernsthaft noch nicht imstande dazu, irgendwo für meine berufliche Brillanz zu werben.

Die Reaktionen der Mitwelt, milde wie Krankensakramente, sind gewiß allesamt gut gemeint, nur habe ich gerade nicht den rechten Sinn dafür, Freundschaft, Zuneigung und Hilfsbereitschaft, die man mir entgegenbringt, mit geöffneten Händen zu empfangen. Abgrenzen will ich mich, eine harte Schale nach außen tragen, um gegen weitere Verletzungen gefeit zu sein, und vor allem glatt soll die Schale sein: Kein Makel soll an mir kleben bleiben können: Deshalb gebe ich drastische Beispiele dafür, wie es in den letzten Wochen in der Firma zugegangen ist, und suche damit das Feindbild Firma zu fixieren, das mich vom Verdacht der Unzulänglichkeit befreien soll. Zu meinem Standardrepertoire gehört es zu erwähnen, wie Manzke mir noch ein paar Wochen vor der Kündigung persönlich den Strampler für Lukas mit besten Wünschen für die Zukunft der jungen Familie überbringt, und ich schließe an diese rührselige Momentaufnahme die Schilderung jenes anderen einprägsamen Bildes an, das Förster und mich am auf die Kündigung folgenden Tage vor verriegelten Bürotüren zeigt, die sich infolge des beleidigenden Auswechselns von Schlössern erst öffnen, als autorisierte schlüsselmächtige Aufsicht eintrifft. Ich hoffe, daß meine Zuhörer mich für vertrauenswürdig halten, wenn ich darüber berichte, wie man uns zuletzt in der Firma behandelt hat. Aber ich halte es auch für möglich, daß sie denken: Das Unternehmen wird schon seinen Grund gehabt haben, die Interna vor unserem Zugriff zu sichern. Meine Aussagen könnten gegen mich verwendet werden. Je schärfer ich das Unternehmen karikiere (und ich tue dies beinahe zwanghaft), um so eher setze ich mich der Gefahr aus, daß etwas von der ätzenden Flüssigkeit, die ich versprühe, an mir selbst hängenbleibt. Diese Überlegung steigert noch meine Verunsicherung.

Auch diejenigen Menschen in meiner Umgebung, mit denen ich nicht eigens spreche, dürften inzwischen Kenntnis von meiner Arbeitslosigkeit haben. Die Veränderung in meinem Leben ist offenkundig. Den Nachbarn begegne ich jetzt zu allen möglichen Tageszeiten im Hausflur. Die Brötchen hole ich erst um neun bei der Bäckersfrau statt um halb acht. Was diese Leute, die meine Lebensführung nichts angeht, über mich denken, ist mir jedoch ziemlich gleichgültig.

Die finanzdienstleistungsmäßigen Anzüge, untauglich für mein jetziges Leben, hängen im Schrank wie die eines anderen. Es ist nicht eben viel, was ich noch an Freizeitbekleidung besitze, gekauft zudem fast ausschließlich vor der Anstellung. Aber bevor ich etwas Neues kaufe, will ich diese Sachen nun auftragen, auch wenn sie unmodern geworden sind. Mir ist so danach. Ich brauche mich für niemanden gut anzuziehen. Außerdem soll ab jetzt gespart werden.

Die lästige tägliche Rasur ist ebenfalls überflüssig geworden. Ich rasiere mich jetzt nur noch, wenn mich die Lust dazu überkommt. Zwar steht mir der Dreitagebart nicht so gut wie *Boris Becker*, aber wenigstens spannt die Gesichtshaut in der Folge weniger als ehedem. Das neue Gefühl ist wohlig, als aale sich die Haut selbstzufrieden in ihren natürlichen Funktionen.

Auf meinen Touren durch das Viertel schätze ich es, Schuhe mit festen und witterungsbeständigen Sohlen zu tragen und die alte speckige Lederjacke, in der ich mich kernig fühle wie ein Urmensch, bekleidet mit dem Fell eines Tieres, das er vor nicht allzulanger Zeit erlegt hat. Was ich unterwegs bei mir haben muß oder einkaufe, trage ich in dem zerschlissenen Tagesrucksack aus Kunststoff von *Jack Wolfskin* („*born to be wild*") auf dem Rücken. Die Eitelkeit des Büromenschen ist durch eine neue Eitelkeit ersetzt worden: die einer undefinierbaren Figur, die sich diffus zwischen Stadtstreicher und Out-door-Urlauber empfindet.

Meine halbbewußte Sehnsucht nach einer neuen Identität bezieht sich nicht nur auf Äußerlichkeiten. Auch die permanente geistige Anspannung in der Firma, hervorgerufen durch die fachlichen Anforderungen und das problematische menschliche Miteinander unter den Bedingungen radikaler Erfolgsorientierung in Sachen Geld, lechzt nach ihrem Gegenbild. So nutzlos kommt mir dieser einzige, sich scheinbar unendlich lang hinziehende, dann abrupt abgebrochene geistige Klimmzug, den das Angestelltendasein für mich bedeutete, im nachhinein vor, daß es mir oft um die im Unternehmen zugebrachte Zeit leid tut. Das Treiben der Gedanken auf den langen Gängen mit Lukas, das einfache Gehen Schritt für Schritt, der sich vertiefende Atem, die mühelose Wachheit, die sich nach ein paar Kilometern einstellt, der befreite Blick, der statt tonloser Bürowände Dachspitzen und winterlich skurrile Baumwipfel aufnehmen darf – dies alles fördert den langwierigen Prozeß der Entkrampfung, der zögerlich einzusetzen beginnt.

Eine andere Form bewußtseinsmäßiger Entkrampfung suche ich abends, wenn wir Lukas zu Bett gebracht haben. Bis tief in die Nacht sehe ich oft fern, wobei es mir ziemlich gleichgültig ist, was gerade läuft. Ich trinke Bier dazu, mehr und regelmäßiger als je zuvor. Eine dumpfe Behaglichkeit stellt sich ein, die sich nicht um den nächsten Tag kümmert. Nur eines weiß ich: Morgen will ich es mir ebenso gemütlich machen. Marike, die überhaupt nur sehr selten Alkoholisches trinkt, und jetzt, da sie Lukas noch stillt, gar nichts, kritisiert meinen Bierkonsum, sooft ich eine Flasche öffne. Nicht daß ich betrunken bin, aber ich reagiere schneidender als nötig auf Marikes Bemühung, auf mein Verhalten Einfluß zu nehmen. Der fällige Wortwechsel stört meine Behaglichkeit. In meinem Kopf tönt die mich treffende Kritik wider, als würden sie alle: Marike, ehemalige Kollegen, Freunde, ein Chor von Erfolgreichen, mir zurufen: „Trink nicht so viel, denn wenn du so weitermachst, wirst du es niemals zu etwas bringen."

Ein Freund feiert Geburtstag. Das erste Mal bin ich wieder unter Menschen. Da sind nun lauter etablierte Altersgenossen um mich herum. Zu meiner Kündigung muß ich zehnfach Stellung nehmen. Aber soll man sich verkriechen, niemanden mehr sehen? Geballt erfahre ich nun diese Freundlichkeit, die in meinem Empfinden die Distanz zwischen einem Verlierer und einem Gewinner nur um so deutlicher hervortreten läßt. Jedesmal zucke ich innerlich zusammen, wenn ich höre, daß wieder jemand eine Sprosse auf der Karriereleiter erklommen hat.

Manch einer mit weniger gutem Job, so kommt es mir vor, gibt mir, verpackt in das mir gezollte obligatorische Bedauern, eine gewisse Zufriedenheit angesichts des gerechten Laufs der Welt zu verstehen. Dies mag die Antwort auf unterschwellige Selbstgefälligkeiten sein, die ich mir früher in Gesellschaften wie dieser leistete und die seinerzeit auf Ohren so sensibel wie heute die meinigen trafen.

Mein Joker ist Lukas, den ich mitgebracht habe. Er ist der Beweis, daß meine Existenz noch einen Sinn hat. Lukas sitzt auf meinem Schoß und zieht warme Aufmerksamkeit auf sich. Er, der überlegen in sich Ruhende, ermöglicht es mir Ungefestigtem, hinter ihm unauffällig zu bleiben. Er ist mein Schutz. Und wenn ich nichts mehr zu tun und zu sprechen habe in dieser Runde, habe ich ihn, dem ich mich widmen kann und an dem ich mich festhalten kann. Zugegeben, auch die Sicherheit, die Lukas mir schenkt, ist nur eine flüchtige, denn es kommt der Augenblick, in dem er mir durch eine abwehrende Handbewegung oder durch ein unvergleichliches Winden seines Körperchens zeigt, daß er meiner Zuwendung nunmehr überdrüssig ist.

Der Gang zum Arbeitsamt. Ich treffe mich mit Förster vor dem Gebäude. Warum? Ist dies einfach die Fortsetzung der beruflichen Verbundenheit? Fühlt er sich als ehemaliger Vorgesetzter mir gegenüber noch verpflichtet? Hoffen wir, daß sich der Arbeitsamtsbesuch zu zweit besser durchstehen läßt? Wir treten als Erinnerung an die Abteilung *Aus- und*

Weiterbildung auf, als wollten wir, was geschah, immer noch nicht wahrhaben.

Die Erfassungsformulare müssen wir auf dem Gang ausfüllen. Vor einem Büro auf ein Beratungsgespräch warten. Um so länger ich in dem orangefarbenen Schalenstuhl sitze, um so größer wird das Gefühl eigenen Unwerts. Förster und ich unterhalten uns im Ton der Ironie miteinander, als hätten wir diese Veranstaltung nicht ernst zu nehmen. Ich kenne noch einen anderen von denen, die mit uns auf dem Gang sitzen, einen Psychologen, der seine erste Stelle sucht. Wir unterhalten uns über sein Spezialgebiet: Ergonomische Arbeitsplätze unter psychologischem Aspekt. Ich interessiere mich nur rein mechanisch für dieses Thema. Zum spannenden Gedankenaustausch fühle ich mich hier nicht inspiriert. Ist es nicht ein trostloses Gespräch unter Verlierern, das wir hier führen?

Im Termin mit der Berufsberaterin versuche ich, jene unter professionellem Aspekt zu betrachten. Ist sie fähig? Würde ich als Arbeitgeber sie einstellen? Und andersherum: Würde ich sie freisetzen wollen, wenn ich als Chef des Arbeitsamts aufgefordert wäre, Arbeitskräfte zwecks Einsparungen zu entlassen? Der Bewertungsraster, nach dem ich selbst noch vor kurzem angehende Wirtschaftsberater prüfte und bewertete, wirkt nach. Bei einem Vergleich mit der Berufsberaterin käme ich ganz gut weg, finde ich. Daß ich solche Gedanken hege, kommt mir schon im gleichen Moment verwerflich vor, ohne daß dies doch etwas an den Gedanken ändert. Zur Bescheidenheit fehlt mir die Kraft. – Mit meiner Qualifikation sei ich schwer vermittelbar, höre ich. Ich möge eigene Kontakte aktivieren, mich initiativ bewerben und auf Stellenanzeigen reagieren. Mit dieser Information und der Auflage, mich regelmäßig zu melden, werde ich nach Hause entlassen.

Förster und ich trinken in der Nähe noch einen Kaffee zusammen, zum Mittagessen will Förster aber schon wieder bei seiner Frau und den Kindern sein. Auf dem Weg nach Hause kaufe ich Zeitschriften und fülle, was ich früher nie getan habe, einen Lottoschein aus.

Geld. Es spielt nun eine besondere Rolle. Zunächst ist es genauso verfügbar wie vor der Kündigung. Neben dem noch laufenden Gehalt plus Weihnachtsgeld schafft vor allem die Abfindung in Höhe einiger Brutto-Monatsgehälter, ausgezahlt ohne Abzüge, ein gewisses Polster. Eine schöne Summe, auch wenn ich sie lieber unter anderen Umständen erhalten hätte. Der Betrag, mir so zugefallen, hat etwas von jenen Geldgeschenken, die ich zuweilen als Kind bekam, wenn sich der Schenker nicht die Mühe gemacht hatte, eine wirkliche Geschenkidee zu produzieren. Das Geld ist wie ein schaler Ersatz für etwas ungleich Wertvolleres. Die Abfindungssumme zu besitzen erzeugt zwar Gefühl eines Freiheitszugewinns, doch zugleich auch die Empfindung, um etwas betrogen worden zu sein. Man hat mich abgefertigt, abgetan mit diesem Betrag, ruhiggestellt durch ein paar Zahlen auf dem Kontoauszug.

Die Abfindung muß angelegt werden. Mich als Finanzfachmann darstellend, argumentiere ich mit dem Anlageberater der Bank. Der läßt es schließlich geschehen, daß ich neben sicheren festverzinslichen Anlagen auch ein paar exotische Aktien kaufe, die er kaum kennt, wodurch ich mir noch ein bißchen mehr wie ein Insider vorkomme. Als ich mit ihm über die Ursachen meiner Geldanlage ins Gespräch komme, will er wie alle, mit denen ich über die Kündigung rede, etwas über meine Pläne wissen. Ich sage ihm, daß ich mir zum Beispiel vorstellen könne, mich als Verkaufstrainer bei seiner Bank zu bewerben, und frage ihn, ob er Möglichkeiten in dieser Hinsicht sehe. Das Gesicht des Anlageberaters nimmt darauf einen besonders höflichen Ausdruck an, so als sei ich für ihn zwar ein ganz interessanter Kunde, für einen Job in seiner Bank halte er mich jedoch, was ich natürlich nicht merken soll, nur wenig geeignet. Ich erhalte einen unverbindlichen Hinweis auf einen Ansprechpartner in der Zentrale. Unvermittelt bin ich in eine Art Bewerberposition hineingeraten, habe dem Anlageberater Macht über mich eingeräumt, obgleich er für mein Anliegen formal völlig unzuständig ist. Mein verschlissener *Out-door*-Aufzug erweist sich in dieser Situation als kontraproduktiv. Im Bewerbungsspiel, zumal wenn die Finanzdienstleistungsbranche der Schauplatz dieses Spiels ist, wird nur der Angepaßte akzeptiert. Im Hinblick auf die Kleidung habe ich einen Regelverstoß begangen, den nicht zu wiederholen ich mir vornehme, während ich noch am Schalter stehe. Wer unangepaßt auftritt, handelt denkbar ungeschickt, wenn er um Aufnahme in den Zirkel der Gleichgeschalteten bittet. Meine neue Rolle des wettererprobten Burschen habe ich in diessem Augenblick nicht glaubwürdig verkörpert. Wie ein Schauspieler, der nach dem Stück nur mit wenig Applaus bedacht wird und dies mit gefrorener Körperhaltung zur Kenntnis nimmt, verlasse ich die Bank.

Schnell setzt die Erkenntnis ein, daß die Abfindung einen entscheidenden Nachteil hat, und zwar den unabänderlicher Begrenzung. Mit dem Arbeitslosengeld werden wir zu dritt kaum auskommen, und so ist es nur eine Frage der Zeit, wann die paar Monatsgehälter extra dahingeschmolzen sein werden.

Da Geld nun nicht mehr die kalkulierbare Folge von Arbeit ist, fühle ich mich fremden Gewalten ausgeliefert. Der Arbeitsamtsapparat mit seiner Bürokratie und den wenig freundlichen Mitarbeitern scheint mir mitteilen zu wollen, daß die mir zugebilligten Leistungen nur ungern gewährt werden – nicht mit jener Selbstverständlichkeit auf jeden Fall, mit der bislang meine gesetzlichen Beiträge zur Arbeitslosenversicherung vom Gehalt einbehalten wurden.

Ich setze auf Glücksmächte, die mir zusätzliche Summen zuspielen sollen. Wohl deshalb habe ich angefangen, Lotto zu spielen. Vor allem hoffe ich jedoch darauf, daß die Kurse der neu erworbenen Aktien steigen. Täglich verfolge ich die Börsenbewegungen: Manche Papiere gewinnen, andere verlieren, am Ende kommt kaum mehr dabei heraus als ein neuer Zeitvertreib.

Die Kehrseite meiner neuen Beziehung zum Geld ist die Sparsucht, die mich erfaßt hat. Das bessere Rasierwasser, ein neuer Füller vielleicht, ein anlaßloses Geschenk für Marike, kleiner Luxus also als Frucht feierabendlicher oder samstäglicher Stipvisiten in der Stadt ist ab sofort gestrichen. Das Motorrad wird abgemeldet. Auch den relativ neuen Wagen melde ich ab und biete ihn zum Verkauf an. Statt dessen erstehe ich einen sehr viel älteren und billigeren, dessen Kilometerstand den nahen Exitus des Motors erwarten läßt. Üppige Rostflecken an Kotflügel und Einstieg helfen mir, dem gewandelten Status auch auf dem Gebiet der Mobilität Rechnung zu tragen. Leider (wirklich leider?) kann ich unser bisheriges Gefährt nicht zu einem annehmbaren Preis verkaufen. Es landet vorerst in der Garage meiner Mutter in stiller Hoffnung auf die Rückkehr besserer Tage.

Ich habe wieder begonnen, an der Doktorarbeit zu schreiben. Vor Jahren – unmittelbar nach dem Examen – hatte ich das Projekt enthusiastisch in Angriff genommen. Für die Zeit des Angestelltseins war es dann in den Hintergrund getreten. Mit dem Bleistift las ich zwar ein paar neue Veröffentlichungen, die mit meinem Thema zu tun hatten; einmal nahm ich auch Urlaub, um mich für zwei Wochen in ein Archiv zurückzuziehen, aber ich brachte bislang doch keine Zeile zu Papier. Mein Engagement blieb Rezeption, beliebig, ein Tändeln. Es war zu schwach und konnte vielleicht auch niemals stark werden, solange ich neun Stunden am Tag von zu Hause fort war.

Die freie Zeit, über die ich nun verfüge, will ich auf eine sinnvolle Weise nutzen. Es liegt nahe, jetzt mit voller Kraft an die geleisteten Vorarbeiten anzuknüpfen. Es geht nicht nur darum, den Leerlauf zu überwinden, oder darum, nach dem üppigen Frühstück am Morgen, zu dem das Arbeitslosendasein mir reichlich Zeit läßt, etwas Produktives zu tun. Aus dem Projekt ziehe ich tatsächlich vielfältigen Gewinn. Ich habe wieder eine Aufgabe gefunden, dazu eine, die frei ist von hierarchischem Zwang. Außerdem gibt mir das Projekt Gelegenheit, den beengten und schwierigen Alltag mit Marike und dem Kind umzugestalten, denn um zu arbeiten, brauche ich ein ruhiges separates Zimmer. Dahinter steht das fast körperliche Bedürfnis nach einem unverletzlichen Rückzugsraum, einem Raum des Alleinseins, der Meditation, wenn man so will. In unserer Zweizimmerwohnung ist ein solcher Raum beim besten Willen nicht einzurichten. – Ich nutze die Arbeit auch als Vorwand zu temporärer Flucht.

Ein paar Straßen von unserer Wohnung entfernt miete ich ein Arbeitszimmer, Sparen hin oder her. Auf mein Zimmergesuch in der Zeitung („*Familienvater sucht Arbeitszimmer für tagsüber*") hat eine Versicherungsangestellte reagiert, die nach einer Veränderung in ihrem Privatleben einen Raum übrig hat. Auf Anhieb fühle ich mich wohl in dem hellen Zimmer mit der gediegenen Schrankwand, die meine Untervermieterin – Sabine heißt sie – von ihrem Vater geerbt hat, und dem musealen Schreibtisch, den sie irgendwo auf dem Trödel erstand. Ich stelle noch eine Schreibplatte dazu, schaffe den Computer, eine Kiste Fachliteratur, Büroutensilien und eine Zimmerpflanze heran und habe damit eine persönliche Schutzzone abgesteckt.

Morgens kann ich nun wieder so etwas ähnliches tun wie ‚ins Büro gehen'. Ich habe wieder eine Art zweiter Existenz. Wenn Sabine nachmittags von der Arbeit kommt, sitzen wir hin und wieder zusammen und trinken Kaffee, oder wir sprechen kurz von Türrahmen zu Türrahmen miteinander – über Sabines Job, über das, was sie am Abend noch vorhat, über Marike und das Kind, die manchmal vorbeikommen, oder über das abgelegene germanistische Thema, über das ich in meinen Einsiedlerstunden schreibe. Es hat etwas Neues begonnen, Beweis dafür, daß das Leben auch nach der Kündigung lebenswert sein kann.

Die Arbeit selbst bringt noch eine spezielle Freude mit sich: Obwohl ich durch sie einen bestimmten Abschluß erlangen und meine beruflichen Chancen verbessern will, ist das Schreiben Satz für Satz zugleich zweckfrei, das heißt für niemanden auf der Welt von wirklicher Bedeutung: Ich könnte es ebensogut lassen. Mit meinem Beruf hat der Inhalt meiner Arbeit nicht das geringste zu tun, und der berufliche Vorteil, den der bloße Titel möglicherweise bringt, ließe sich vermutlich auch durch anderweitiges Engagement erreichen, vielleicht durch eine Veröffentlichung auf dem Gebiet des Verhaltenstrainings, in dem ich beruflich wieder Fuß fassen will. Beim Schreiben, zumindest während der fortlaufenden Anstrengung, geht es mir nicht um Geld, nicht einmal um Anerkennung, sondern um die Sache selbst, um etwas Objektives, das zuletzt nichts mit meiner Person zu tun hat, es geht um Wahrheiten, die ans Licht gelangen wollen und mich als ihr Medium benutzen. Das mag pathetisch klingen, aber so ungefähr fühlt sich nach Stunden einsamen Brütens vor dem leise rauschenden Computer das an, was meine Gedanken da treiben. Das Schreiben an der Doktorarbeit ist damit ein denkbar wohltuender Kontrast zum vorherigen schnöden Dienst am Mammon, der nichts als enttäuschte. '

Ich bin derart beschäftigt mit mir selbst, daß Marikes Bedürfnisse darüber kaum zu mir durchdringen. Im kommenden Frühjahr stehen ihre mündlichen Examensprüfungen an, und sie sollte langsam beginnen, sich darauf vorzubereiten. Doch ich vertrete die Auffassung, daß ich als derjenige, der das Geld verdient hat und es auch in absehbarer Zeit wieder für die Familie verdienen soll, der Unterstützung Marikes bedarf und nicht umgekehrt. Darin dulde ich keinen Widerspruch, und es fallen viele unfreundliche Worte in dieser Angelegenheit – womit mein Zorn, der durch vergleichsweise nichtige Anlässe hervorgerufen wird und der mich bisweilen um den letzten Rest an Klarheit zu bringen droht, einigermaßen glimpflich umschrieben sei. In der Folge unserer Auseinandersetzungen wird mir deutlich, wie tiefgreifend ich an Souveränität verloren habe. Ich bin so dünnhäutig, daß der leiseste Anspruch, den Marike an mich heranträgt, ausreicht, in mir die finsterste Abwehrhaltung auszulösen. Marike, dauerbelastet durch ein Kind, von dem sie nachts alle zwei bis drei Stunden aus dem Schlaf gerissen wird, und durch das Zusammenleben mit einem mit sich und der Welt hadernden Arbeitslosen, ist ihrerseits nicht gewillt, Verständnis zu zeigen. Im gleichen Maß, in dem ich mich ereifere, zieht sie sich in einen schweigenden Stolz zurück, der mir unzugänglich ist wie ein ferner Planet und mich deshalb gerade um so mehr aufbringt.

Um Lukas kümmere ich mich jetzt weniger. Es ist schwer zu entscheiden, ob der Wunsch, meinen Ärger weitgehend von ihm fernzuhalten, der Grund dafür ist oder ob ich vor seinem ozeanweiten und unbestechlichen Blick all das Schwache verbergen möchte, das aus vermeintlich sicheren Seelentiefen nun an die Oberfläche meines Daseins gespült ist.

Für die Tage um Silvester herum haben wir mit einer befreundeten Familie einen Urlaub am Meer geplant. Als Arbeitsloser in die Ferien fahren? Trotz ein paar leiser Skrupel reisen wir natürlich: Die Appartements sind gebucht, die andere Familie haben wir seit Monaten nicht gesehen, und es sind ja schließlich auch nur ein paar Tage, die wir fort sein werden.

Über dem Urlaub steht kein guter Stern. Lukas ist gerade drei Monate alt. Schon auf dem Hinweg spüren wir, daß wir ihm keinen Dienst damit erweisen, ihn aus der gewohnten Umgebung herauszureißen. Das Fahrgeräusch geht uns auf die Nerven, als wären wir es, denen man solches nicht zumuten könne.

Am Urlaubsort angekommen, diktiert Lukas uns klar die Bedingungen, unter denen er sich allein wohl fühlt. Mit unseren Freunden nimmt er kaum Kontakt auf, ebensowenig mit deren beiden Kindern. In Gesellschaft weigert er sich zu trinken – das kannten wir noch nicht an ihm –, nur mich duldet dabei er als weiteren Anwesenden. Er will Ruhe haben.

Ein Foto zeigt uns und die befreundete Familie an einem Aussichtspunkt. Wir stehen auf einer umgitterten Plattform. Hinter graumelierten Schneeresten und kahlem Astwerk verschwindet eine Ahnung von Ostsee im Dunst. Wir sind eingemummelt ungefähr in alle Kleidungsstücke, die wir mitgenommen haben, denn es ist noch weit kälter, als wir zu befürchten wagten. Auf dem Foto sehe ich einen Arbeitslosen und einen Arbeithabenden, eine gediegen und eine kümmerlich ausstaffierte Familie – verengte Wahrnehmung. Unter der weiten kunststoffbeschichteten Jacke, die ich trage, schaut Lukas' Kopf hervor, wie so oft trage ich ihn vor dem Bauch. Wiederum: Erst mit ihm bin ich etwas.

Abends, wenn die Kinder im Bett sind, setzen wir Eltern uns bei Bier und Snacks zusammen. Endlich ist Zeit, um miteinander ins Plaudern zu kommen. Doch will die rechte Behaglichkeit nicht aufkommen. Immer wieder kommt das Gespräch auf die Themen Beruf und Karriere. Entschlossen, diesen Themen nicht auszuweichen, liefere auch ich meine Beiträge dazu, kann infolge der geistigen Verhärtung, in die ich dabei gerate, den Sinn wahrscheinlich weniger als die anderen für neue Gesprächsgegenstände öffnen. Dennoch: Es tut mir weh, wenn mir der Freund von Streß und Erfolgen berichtet bzw. ich selbst vom eigenen Frust erzähle und von vagen Plänen. Die naheliegende Bitte, das Thema Beruf künftig auszuklammern, bringe ich nicht über die Lippen.

Die Prüfungen nehmen kein Ende. Nach dem Abbrennen des Feuerwerks in der Silvesternacht lädt das Ehepaar, das die Appartements vermietet, uns ein, noch zu seiner kleinen Party dazuzustoßen. Als wir mit höflicher Schüchternheit das Wohnzimmer betreten, wird schnell das im Fernseher laufende Pornovideo abgeschaltet und Tanzmusik aufgelegt. Man deckt uns mit Häppchen und Getränken ein. Einige Gäste haben schon ziemlich geladen, so auch der, der neben mir sitzt und sich ausschließlich an scharfe Sachen hält. Er hat mit Versicherungen zu tun, wie er mir berichtet. In dem Metier ist er noch nicht so lang. Offenbar arbeitet er für einen Vertrieb, der mit Drückermethoden am Markt agiert. Er klopft große Sprüche und hat wenig Ahnung, wie sich zeigt. Immer wieder fordert er mich auf, das zu trinken, was auch er tinkt. Ich bleibe lieber bei meinem Bier. Irgendwann fragt mein Nachbar mich, was ich denn so treibe. Ich skizziere brav in zwei Sätzen die Situation, worauf er sich animiert fühlt, mit mir ein Anwerbegespräch zu führen. Er nennt mir eine überaus hohe Summe, die er pro Monat angeblich verdient, und prahlt – das gehört zu so einem Anwerbegespräch wohl dazu

– mit dem Sportwagen, den er fährt und den auch ich mir bald würde leisten können, wenn ich mich entschlösse, für ihn zu arbeiten. Er will mir am Ort sogar eine Wohnung besorgen, denn er verfüge über gute Kontakte, kenne jede und jeden und habe überall nur Freunde – wie ich das denn finde. Er möchte – auch das scheint Standard zu sein in dieser Art von Gespräch – unbedingt zum *Abschluß* kommen, das heißt, er will meine definitive Zusage erreichen, bei ihm anzufangen. Die ganze Unterhaltung stößt mich ab, angefangen von der penetranten Schnapsfahne dieses Versicherungsmenschen. An Silvester will ich eigentlich über anderes reden als über Verkäuferjobs auf Provisionsbasis, und vor allem ertrage ich es nur schwer, mit Leuten zu tun zu haben, die die Arbeitslosigkeit anderer als willkommenen Anlaß zur Selbstdarstellung nehmen. Ich halte mich jedoch mit meiner Meinung zurück und weiche dem Drängen des betrunkenen Anwerbers aus, indem ich mich auf das Erfragen aller möglichen Details aus seinem spannenden Leben verlege, bis er den roten Faden seiner ursprünglichen Absicht losläßt und lallend dazu übergeht, heldische Geschichten aus früheren, beim Militär verbrachten Jahren von sich zu geben. Ich nehme ihn nicht für voll; seine Automarke interessiert mich nicht die Bohne, seine Art, Geschäfte zu machen, kommt mir dubios vor, jede Verherrlichung des Soldatentums ist mir widerwärtig, doch unbezweifelbar besitzt mein Trinkkumpan, was ich nicht besitze: eine Arbeit, für die er Geld bekommt, und Begeisterung. Ich glaube ihm, daß er weiß, wofür er jeden Morgen aufsteht, und ich kann nicht ausschließen, daß er mir mit seinem Angebot wirklich einen Gefallen tun will. Als ich mich später schlafen lege, werde ich das Gefühl nicht los, in der Kreide dieses Mannes zu stehen. Ich habe mich also doch von ihm berühren lassen.

Am nächsten Tag lassen Marike und ich es langsam angehen. Wir wollen uns und Lukas Ruhe gönnen und diesen Tag zu dritt verbringen. Von den Vermietern leihen wir uns zwei Fahrräder und brechen zu einer kleinen Radtour auf, wie wir glauben. Über dem Land liegt eine sonnige Neujahrsstille.

Die Luft ist so klar, der Himmel in so makelloses Kobaltblau getaucht, daß wir die klirrende Kälte darüber vergessen. Lukas habe ich unter der Jacke etwas wärmer als sonst eingepackt. Zum Fährhafen eines Nachbarortes soll es gehen. Unterwegs kommen wir noch durch einen anderen Flecken. Der Friedhof, der die Backsteinkirche umgibt, ist gepflegt. Die Wege zwischen den Gräbern wurden jüngst geharkt, viele der Grabsteine sind mit frischen Blumen geschmückt. Ich fotografiere eine Katze, die sich jenseits der Friedhofsmauer auf einem dampfenden Misthaufen wärmt. Dann geht es gemächlich weiter. Die Strecke, die wir auf der kaum befahrenen Landstraße zurücklegen, zieht sich nun doch in die Länge, die Temperatur weit unter dem Gefrierpunkt macht sich zusehends unangenehm bemerkbar. Als wir unser Ziel endlich erreichen, freuen wir uns auf die Wärme eines Ausflugslokals mit Blick auf den Fährhafen. Außerdem wird Lukas etwas trinken wollen. Der Weg durch das Dorf führt uns vorbei an idyllischen Fischerhäusern; wir nehmen uns noch die Zeit, ein paar Fotos zu machen, gleich werden wir ja am Ofen sitzen. Aber soeben schließt das Lokal nahe der Anlegestelle. Man will uns nicht mehr einlassen. Wir versuchen zu diskutieren, weisen auf den Säugling hin, der gestillt werden muß. Das ändert nichts. Kalt werden wir abgewiesen. Die zweite Gastwirtschaft im Ort hat ebenfalls geschlossen. Anwohner sagen uns, ein Stück zurück des Weges gebe es noch ein weiteres Ausflugslokal, wo wir es probieren könnten. Auch dort Fehlanzeige. Wir müssen zurückfahren. Eisiger Gegenwind bläst uns ins Gesicht. Die Kälte nimmt unsere Finger in Besitz, sie kriecht die Beine hoch. Ist Lukas ausreichend vor ihr geschützt? Er regt sich kaum. Einen genauen Eindruck kann ich von dem kleinen Gesichtchen unter der Mütze nicht gewinnen. Ist alles in Ordnung mit ihm? Von oben fahre ich mit einem Finger in die Jacke und streichle seine Wange. Er wendet den Kopf zur Seite, ohne die Augen zu öffnen. Reichen meine Körperwärme und die Isolierung, die die Jacke gewährt, hin, ihn ausreichend warm zu halten? Wir fahren, so schnell wir können. Einige Stunden sind wir mittlerweile schon unterwegs, höchste Zeit, daß dieser Ausflug, der zu einer Gewalttour geworden ist, ein Ende nimmt. Wir haben Angst um Lukas, diesen kleinen Kerl, der mit seinen paar Monaten schon so viel mitmachen muß. Unverantwortlich, sich vor einer solchen Tour nicht darüber zu informieren, wo Möglichkeiten zur Einkehr bestehen. Lukas könnte erfrieren! Ich trete, was das Zeug hält. Mein Körper soll sich von der Anstrengung aufheizen und seine Wärme sonnengleich auf den Kleinen abstrahlen. Doch je schneller ich fahre, um so beißender macht sich der Gegenwind bemerkbar. Lukas, der sich sonst lautstark meldet, sobald ihm etwas fehlt, rührt sich nicht. – In dem Flecken, in dem wir schon den Friedhof besichtigten, finden wir endlich ein geöffnetes Lokal. Lukas' Gliedmaßen sind vollkommen ausgekühlt, als wir ihn auspacken. Sein Blick kommt aus dem Unerreichbaren, als habe Lukas sich während dieser Fahrt in natürlicher Weisheit ins innerste Zentrum zurückgezogen, damit sein Leben unbeschadet bleibe. Ohne Hast trinkt er jetzt. Marike und ich bestellen heiße Schokolade und Fisch mit Pommes.

Was hat diese Episode mit Kündigung und Arbeitslosigkeit zu tun? Ich kann es nur schwer auf den Begriff bringen. Das Erlebnis ist ein Markstein in der Erinnerung, eine Mahnung, die mich fortan begleiten wird und die untrennbar mit meinem Gesamtzustand in dieser Zeit verbunden ist. Die Verantwortung für den Vorfall tragen Marike und ich zusammen. Doch das Empfinden der Schuld ist für mich nicht teilbar, das Gewicht der *ganzen* Schuld lastet auf mir; daß es Marike wahrscheinlich ähnlich geht, verschafft mir keine Erleichterung. Vordergründig ist es für mich, als habe sich nicht nur erwiesen, daß ich ein untauglicher Angestellter bin, sondern auch, daß ich als Vater meiner Aufgabe nicht gewachsen bin. Darunter liegt jedoch noch eine weitere, mir wahrhaftiger erscheinende Schicht der Einsicht, eine, die ungern eingestanden ist: Viele Gründe mögen dazu geführt haben, diese Radtour zu unternehmen, und nicht immer kann man alles vorhersehen. Doch einer der Gründe ist auch mein Bedürfnis nach Einsamkeit, das Bemühen an diesem Neujahrsmorgen, soziale Kontakte weitestgehend zu reduzieren, da sie für mich in den vorangegangenen Tagen doch immer mit Spannungen verbunden waren (vielleicht sind es auch diese meine Spannungen, die sich auf Lukas übertragen haben und ihn in Gesellschaft unleidlicher als sonst werden lassen). Und insofern ich Lukas mit hineinziehe in meine persönliche Seelenpflege und es zulasse, daß er zum Leidtragenden wird, lastet eine besonders schwere Schuld auf mir, eine Schuld, die gewiß auch in anderen Situationen, im Kontakt mit anderen Menschen zum Tragen kommen kann, die angesichts dieses Ereignisses aber erst einen deutlichen Umriß erhalten hat. Die möglichen Konsequenzen meiner Handlungen sind mir ein für allemal vor Augen geführt.

VII

Freiheit für den Kehlkopf: Innere Wiederherstellung

Ich habe zahlreiche Bewerbungen abgeschickt und mache die Erfahrung, daß man etwas anstoßen, aber nichts zwingen kann. Kurz bevor ich mich morgens auf den Weg zum angemieteten Arbeitszimmer mache, kommt der Briefträger. Wenn er schellt, laufe ich ihm durch das Treppenhaus entgegen, um ihn unten an der Haustür abzufangen. Fast jeden Tag ist Post für mich dabei. Dies beweist, daß die Botschaften, die ich Woche für Woche ausstreue, nicht ungehört verhallen. Es gehen bei mir ein: Empfangsbestätigungen, Interimsbescheide, in denen die weitere Prüfung meiner Bewerbung zugesagt wird, sowie die ersten definitiven Absagen samt zur *Entlastung* zurückgesandter Unterlagen. Daß die Resonanz damit zunächst rein formaler Natur oder unmißverständlich negativ ist, beeinträchtigt meine Zuversicht nicht. Auf jede Stellenanzeige, die mich interessiert, werden sich mutmaßlich einige -zig Psychologen, Pädagogen, übrige Geisteswissenschaftler, Betriebswirte und Verkäufer bewerben. Der Erfolg läßt sich im Einzelfall nicht programmieren. Doch ich vertraue darauf, daß meine Stimme, wenn nicht gleich, so doch irgendwann gehört werden wird, und tue bis dahin das Mögliche. Bevor ich die Unterlagen zusammenstelle, bemühe ich mich jeweils um telefonische Kontaktnahme mit einem zuständigen Gesprächspartner im Unternehmen, das die mich interessierende Stelle ausschreibt. Manche Bewerbungsaktion, die vertane Zeit wäre, läßt sich auf diese Weise vermeiden. Ansonsten mache ich mir über die kurzen Telefonate mit den tendenziell zum Abwimmeln neigenden Personalleuten nicht viele Illusionen. Meist rät man bündig mir zur schriftlichen Bewerbung. Die Chance, daß mein Name bei der späteren Sichtung der Bewerbungsmappen noch im Gedächtnis ist, dürfte verschwindend gering sein.

Gestaltete sich das erstmalige Aufsetzen des Anschreibens als schwierig und zeitaufwendig, stellt sich in dieser Hinsicht alsbald Routine ein. Eingängige Formulierungen gerinnen zu wiederverwendbaren Textbausteinen, denen passend zum betreffenden Unternehmen nur noch ein individueller Anstrich zu verleihen ist. Das Variieren der Textbausteine am Computer, das Ausdrucken von Brief und Lebenslauf, das Zusammenstellen der Zeugnisse, das Einkuvertieren und säuberliche Adressieren der Bewerbung erzeugen eine buchhalterische Befriedigung, als habe die Produktion der Ware Bewerbung schon in sich Bestand, als sei sie, jenseits einer eventuellen späteren Abnahme meiner Arbeitskraft durch einen Käufer, schon eine vollwertige Tätigkeit, für die ich zu Recht mein Arbeitslosengeld erhalte.

Mit anhaltendem Mißerfolg meiner standardisierten Bewerbungen erster Fassung stellt sich nach einiger Zeit allerdings doch Unzufriedenheit ein. Bei einer erneuten kritischen Durchsicht bemerke ich, daß diese ersten Bewerbungen zu sehr an der jüngsten Vergangenheit orientiert sind. Ausführlich beschreibe ich darin meine Tätigkeitsfelder im Finanzdienstleistungsunternehmen, von denen ich dann, was nicht verschwiegen werden kann, suspendiert wurde. Es klingt, als weine ich der früheren Stelle noch nach. Ich entwerfe einen neuen Text, in dem ich stärker auf meine Fähigkeiten und Erfahrungen als Fachmann verweise. Die Aufgaben, die ich beim letzten Brotgeber erfüllte und die ja detailliert im Arbeitszeugnis verzeichnet sind, lasse ich demgegenüber in den Hintergrund treten. Bis Resonanz auch auf die Bewerbungen zweiter Fassung kommt, vergehen abermals Wochen und Monate. Wiederum erhalte ich Standardschreiben als Antwort und schnelle Absagen.

Der Makel einer erlittenen Kündigung erschwert die Bewerbung um eine neue Stelle erheblich. Obwohl ich dies von vornherein theoretisch wußte, realisiere ich erst nach und nach, welchen existentiellen Einschnitt diese Niederlage in

meiner Karriere bedeutet. Das Arbeitszeugnis des Finanz-
dienstleistungsunternehmens, in jeder Bewerbungsmappe
unverzichtbarer Rechenschaftsbericht über den beruflichen
Gebrauch von fast zwei Lebensjahren, enthält als vorletzten
Satz (bevor mir dann im letzten Satz alles Gute für die Zukunft gewünscht wird) den Hinweis auf meinen unfreiwilligen Abgang, genannt betriebsbedingte Kündigung. Niemals
mehr wird es ein Zurück in den unbefleckten Zustand des
Noch-nicht-gekündigt-worden-Seins geben. Bis zu meinem
Ende wird mich diese biographische Tatsache begleiten, und
immer dann, wenn ich bei einem beruflichen Wechsel meinen Lebensgang wahrheitsgetreu werde darlegen müssen,
wird die Kündigung von neuem zu greifbarer Wirklichkeit
werden. Die Beredsamkeit, mit der das Zeugnis ansonsten
von meiner fabelhaften Eignung erzählt, verblaßt gegen den
vorletzten, alles entscheidenden Satz. Der Urteilsspruch
kündet von der Macht des Unternehmens, jemanden auszu-
stoßen. – Die Gründe dafür müssen unaussprechlich gewichtig gewesen sein angesichts meiner großen Vorzüge. – Und
zugleich verrät besagter Satz, in dem die Rede vom Rauswurf
mit der Leichtigkeit eines Federstrichs daherkommt, was für
ein unbedeutender Zeitgenosse das sein muß, den man mit
einer derartig knappen Bemerkung schließlich hat abtun
können.

An diesem Zeugnis, an meinem Lebenslauf mithin gibt es
nichts zu deuten. Die Niederlage ist ein Teil von mir, den
ich als solchen annehmen muß. Ich sollte dieser Episode meines Lebens vielleicht gute Seiten abgewinnen, sie als eine
vorübergehende Krise betrachten, die ich überwinden kann,
wenn ich nur die richtigen Folgerungen daraus zu ziehen
weiß. Vielleicht gehe ich aus dieser Krise sogar gestärkt hervor, klüger, reifer. Doch ich spüre, daß dies noch nicht der
Zeitpunkt ist, das Geschehene zu einer im Grunde doch sehr
wertvollen Erfahrung umzudeuten. Das positive Denken
glaube ich mir noch nicht so recht.

Erst als die ersten Anflüge von Selbstvertrauen sich wieder Bahn brechen wie Pflanzenspitzen, die aus einem brutal umgepflügten Acker emporzusprießen beginnen, bringe ich es über mich, bei dem Pharmakonzern anzurufen, bei dem ich mich vor Monaten bewarb. Zwar hätte man mir sicher unaufgefordert Nachricht gegeben, wenn man mich hätte einstellen wollen, aber ich möchte mich doch der Form halber nach dem Stand des Auswahlverfahrens erkundigen, um da kein loses Ende zurückzulassen. Dr. Anselm, mein damaliger Gesprächspartner, bedauert meine gegenwärtige Lage. Im übrigen vertröstet er mich: Weiterhin werde im Unternehmen über Umstrukturierungen und den Abbau von Arbeitsplätzen in der Zentrale nachgedacht. Neueinstellungen würden in dieser Situation verständlicherweise hintangestellt, obwohl im Bereich der Unternehmensentwicklung und der Führungsorganisation weiterhin jemand benötigt werde. Ich solle mich doch in ein paar Monaten nochmals bei ihm melden. Auch hier ist also Warten angesagt. Jeder verfrühte Anruf wäre belästigend.

Gleichfalls frische ich meinen Kontakt zu dem Weiterbildungsinstitut auf, mit dem ich schon zur Zeit der Anstellung Kontakt aufnahm, um dort nebenberuflich als Trainer zu arbeiten. Mein Anruf kommt zur rechten Zeit. Ich werde zum Bewerbungsgespräch eingeladen. Neben einer freiberuflichen Tätigkeit ist auch eine feste Anstellung im Bereich des Möglichen, denn kürzlich hat einer der festen Mitarbeiter des Instituts gekündigt, und die freigewordene Position muß rasch neu besetzt werden.

Eigenartig, am Morgen des Bewerbungsgesprächs das erste Mal seit der Freistellung wieder Anzug und Hemd auszuwählen, die Krawatte umzubinden – erst der zweite Knoten sitzt richtig. Mit Widerwillen fühle ich diese neue alte Enge am Hals; an den Füßen Schuhe mit Ledersohlen, in denen einem kalt wird, sobald man vor die Tür tritt. Behutsam, damit er nicht knittert, lege ich den Wollmantel in den Wagen, der mit seinen weithin sichtbaren Rostflecken in krassem Gegensatz zu meiner aufgeputzten Montur steht. Bei Regen fahre ich los, als ich die Stadt erreiche, in der das Weiterbildungsinstitut seinen Sitz hat, schneit es. Bis zu meinem Termin ist noch Zeit. Ich laufe ein bißchen durch den Schnee, schaue mich in einem nahegelegenen Möbelhaus um, verlasse dieses wieder, da ich ohne spezielles Kaufinteresse dort umherschleiche wie bestellt und nicht abgeholt, habe die Zeit bis zum Termin endlich überbrückt und werde auf der Büroetage von der Assistentin des Prokuristen mit Handschlag empfangen. Monate später wird sie mir sagen, meine Hände seien sehr kalt gewesen an jenem Morgen. –

Das Gespräch mit dem Prokuristen verläuft positiv, trotzdem ich vor Nervosität und Kälte in der Tat mit dem Gefühl dasitze, als sei alles warme Blut aus den Extremitäten in den Rumpf zurückgeflossen und habe außen nur eine graue Schale zurückgelassen. Der Prokurist nimmt sich Zeit, die unterschiedlichen Kompetenzfelder des Instituts ausführlich auseinanderzulegen, während er zugleich die wesentlichen Punkte seiner Darstellung mit der akkuraten Handschrift des unter allen Umständen konzentrierten Seminarprofis auf dem Flipchart mitvisualisiert.

Über meine Situation lasse ich in dem Gespräch keinen Zweifel und *verkaufe* mich dennoch gut genug, um einen ersten freiberuflichen Auftrag zu erhalten: Ich soll ein halbtägiges Seminar mit den Vertriebsmitarbeitern eines Versicherungsmaklers abhalten. Außerdem wird ein späteres Treffen mit den Geschäftsführern des Weiterbildungsinstituts ins Auge gefaßt, in dem es um meine feste Anstellung gehen soll.

Das Seminar, das ich bei dem Makler abhalte, wird zwar gut bezahlt, aber ein Großteil des Honorars landet beim Arbeitsamt, dem ich den Auftrag pflichtgetreu gemeldet habe und das daraufhin an mich gezahltes Arbeitslosengeld anteilig zurückfordert. Schade um die schöne Summe. Für das Selbstbewußtsein ist es jedoch Balsam, es sich zu leisten, ehrlich zu sein. Zudem kalkuliere ich einen handfesten Vorteil ein, den ich aus meiner Korrektheit ziehen könnte: Das

Institut muß dem Arbeitsamt den Umfang meiner Tätigkeit bestätigen. Für mögliche weitere Verhandlungen mit dem Institut ist dies, so glaube ich, ein Pluspunkt. In den folgenden Gesprächen werde ich als in jeder Hinsicht ehrlicher und vertrauenswürdiger Gesprächspartner eine bessere Ausgangsposition haben und trotz des Makels ein höheres Salär herausholen als jemand, der um eines kurzfristigen persönlichen Vorteils willen seine Integrität untergräbt.

Durch das Seminar mit den Vertriebsleuten wird mir klar, daß ich in den gewöhnlichen Situationen des geschäftlichen Alltags, abseits also der besonderen Bewerbungssituation, durchaus nicht immer meine gesamte Lebensgeschichte erzählen muß. Von den Seminarteilnehmern nach meinem Werdegang gefragt, stelle ich den Schritt in die Freiberuflichkeit dar, als habe es sich um einen selbst gewollten Ausstieg aus der alten Firma gehandelt, denn es könnte meine Akzeptanz als Seminarleiter gefährden, die Entlassung vor der Gruppe offenzulegen. Dies ist zunächst eine befreiende Entdeckung: Wann ich wem meine Geschichte präsentiere, bleibt mir überlassen. Ich kann die Entscheidung von Mal zu Mal treffen, je nach dem Grad an Vertrauen, den ich gegenüber dem Mitmenschen, mit dem ich es gerade zu tun habe, empfinde. Praktisch niemand besitzt die Dreistigkeit, von sich aus zu fragen, ob es ein Hinauswurf war, der zum Jobwechsel führte. Erst mit der Zeit werde ich für die Gefahr sensibel, die in der freien Wahl der Darstellungsweise liegt. Je öfter ich mich dafür entscheide, den Ausstieg aus der Firma und die Entscheidung für ein neues Betätigungsfeld als fälligen Karriereschritt erscheinen zu lassen, um so mehr Raum gebe ich der Unaufrichtigkeit und der Gespaltenheit in meinem Leben. Ich entferne mich von mir selbst dadurch. Deshalb nehme ich mir vor, in den Beziehungen, die ich mit anderen eingehe, so aufrichtig wie eben vertretbar zu sein.

Nachdem ich den einmaligen Seminarauftrag erledigt habe, falle ich wieder in die Isolation des Arbeitslosendaseins zurück. Bis zum Termin mit den Geschäftsführern des Weiterbildungsinstituts wird es doch noch eine Zeit dauern. Die Mühlen dort mahlen langsamer als zuerst gedacht.

Das Schreiben an der Doktorarbeit ist mittlerweile zu einer Gewohnheit geworden, zu einer einsamen Gewohnheit. Das Thema ist so speziell, daß ich niemanden mit Einzelheiten belästigen mag. (Marike, die sich noch am ehesten dafür interessieren könnte, hat den Kopf voll mit ihren Examensthemen.) Halbe Tage verbringe ich in dem mönchisch kargen Arbeitszimmer, ohne daß ich mit einem Menschen rede. Manchmal ruft allenfalls jemand an, der Sabine sprechen will, die noch im Büro ist. Ich schreibe Nachrichten für sie auf kleine Zettel und begebe mich wieder an den leise und autoritär rauschenden Computer.

Es gibt ein altes chinesisches Gleichnis, das vom Weisen Dschuang Dsi handelt, der träumt, er sei ein glücklicher Schmetterling, der nichts weiß von Dschuang Dsi. Plötzlich wacht er auf und ist wieder wahrhaftig Dschuang Dsi. Hat Dschuang Dsi nun geträumt, daß er ein Schmetterling sei, oder träumt der Schmetterling, daß er Dschuang Dsi sei?

Welcher ist der wirkliche Zustand? Der des Angestellten oder der desjenigen, der seine Doktorarbeit schreibt und enger als früher an seine Familie angebunden ist? Die neue Lage hat so sehr an Wirklichkeit gewonnen, daß sie nicht mehr nur der minderwertige Ersatz für den Gelderwerb in einer Firma ist, sondern der feste Grund, von dem aus ich andere Daseinsmöglichkeiten betrachte. Im gleichen Maße, in dem mir das jetzige Leben als das wahrhaftige erscheint, gerät das vergangene zu einer traumhaft-unwirklichen Einbildung: Das war nicht ich, der morgens im Anzug zur Arbeit fuhr und abends abgekämpft heimkehrte; das war ein anderer, der zwar die gleichen Fähigkeiten wie ich besaß, der sich aber mehr gefallen ließ, als ich mir je würde gefallen lassen. – Doch gerade der jetzige Zustand kann ebenfalls nur ein vorübergehender sein. So gesehen, sollte ich wohl Abschied von *jedem* Sicherheitsdenken nehmen, das noch als Nachhall der Lebenseinstellung meiner Eltern in mir weiterwirkt. Sie vermittelten mir, daß man irgendwann in jungen Jahren eine bestimmte *Laufbahn* einschlage und sich von da an auf der sicheren Seite befinde. Ein schöner Glaube aus einer Zeit, in der die Berufswelt noch nicht einem so schnellen Wandel unterworfen war.

Die Angst davor, den Wiedereinstieg zu verpassen, läßt immer stärker nach. Das neue Leben, vor allem die Zurückgezogenheit geben mir Energie. Als ich das zweite Mal persönlich mit der Berufsberaterin des Arbeitsamtes spreche und ihr meine Überzeugung kundtue, in absehbarer Zeit sicher wieder etwas Passendes zu finden, warnt sie mich jedoch. Leicht sei man versucht, sich aus ein paar Monaten Arbeitslosigkeit nichts zu machen, doch ehe man es sich versehe, werde daraus ein Jahr, und plötzlich sei man ein schwer vermittelbarer Langzeitarbeitsloser. Mit ernster Miene höre ich ihr zu. So recht glaube ich ihr die Mahnung aber nicht.

In der Rückschau erscheint mir der vergangene Job wie eine permanente Entäußerung, die mich nach und nach saft- und kraftlos machte. Jetzt dagegen habe ich das Gefühl, daß etwas in mir aufgeht. Auch die Lust am puren Dasein ist wieder gewachsen – trotz Arbeitslosigkeit. Ich weiß, ich kann glücklich darüber sein, daß ich zur Überbrückung dieses Zustandes eine Aufgabe gefunden habe, die mich befriedigt. Die Ruhe und die Form von Konzentration, die mir das Schreiben abfordert, habe ich als reiner Verkaufstrainer vermißt, ohne es zu wissen. Es drängt sich mir die Einsicht auf, daß ich mich künftig vor den Einseitigkeiten, die die berufliche Spezialisierung meist mit sich bringt, hüten sollte, damit ich nicht mir selbst fremd werde. Dieser Angestellte, der ich war, der arbeitend einen stromlinienförmigen Eindruck vermitteln wollte, kommt mir nachträglich wie ein klägliches Abziehbild meiner Möglichkeiten vor. – Auch für diese persönliche Einschätzung nehme ich natürlich die Freiheit in Anspruch, sie im Kontakt mit anderen wie das Faktum der Entlassung für mich zu behalten, wenn sie mir mutmaßlich zum Nachteil gereichen würde.

Gleichzeitig mit der Angst vor der Zukunft verschwindet auch die Angst, finanziell nicht über die Runden zu kommen. Durch die Abfindung ist ja tatsächlich eine gewisse Sicherheit da, die auch in den Monaten, in denen das Arbeitslosengeld frühzeitig aufgebraucht ist, Spielraum läßt. Noch kann ich meine Rechnungen bezahlen, es gibt keine ungedeckten Abbuchungen vom Konto, ich muß keine Schulden machen. Wir können es uns leisten, Essen zu gehen oder ins Kino.

Da noch genügend Geld vorhanden ist, um auch im nächsten halben Jahr den gegenwärtigen Lebensstandard halten zu können, stellt sich für uns nun vor allem die Frage, wie wir dieses Geld am besten einsetzen. Sparen oder investieren? Wir entscheiden uns für letzteres. Marikes Examen und meine Doktorarbeit sind beides Angelegenheiten, die für unsere Zukunft so wichtig sind, daß wir sie nicht durch zu geringen Zeiteinsatz aufs Spiel setzen wollen. Für Lukas suchen wir eine Tagesmutter, die ihn an mehreren Vormittagen in der Woche betreuen soll, und haben dabei großes Glück. Wir finden eine Frau, der wir Lukas ohne jedes Wenn und Aber anvertrauen mögen. Für einige Nachmittage in der Woche engagieren wir zusätzlich Babysitter, mit denen wir ebensoviel Glück haben.

Es ist nicht leicht für uns, Lukas, der noch kein halbes Jahr alt ist, so häufig bei anderen Bezugspersonen zu wissen. Deren Einfluß auf unseren Sohn bleibt für uns bei allem Zutrauen zuletzt doch unwägbar. Aber was hat ein Kind, langfristig gesehen, von Eltern, die grundunzufrieden mit sich sind, eben weil sie wegen dieses Kindes eine andere für sie sehr wichtige Sache nicht vollbracht haben?

Marike und ich wechseln uns damit ab, Lukas am Morgen zur Tagesmutter zu bringen und ihn dort wieder abzuholen. Dadurch entsteht ein neuer Tagesrhythmus, der Lukas sichtbar guttut: Bei der Tagesmutter ist er Teil eines lebhaften, kinderreichen Familienlebens. Und uns eröffnet der neue Rhythmus präzise bemessene Freiräume, durch die wir zu disziplinierter Arbeit aufgefordert sind. Das seelische Aufatmen, das ich seit geraumer Zeit erfahre, erhält durch die streng und sinnvoll gegliederten Tage noch eine Vertiefung.

Da sich für mich der Wert des Geldes relativiert hat, erfülle ich mir nun auch einen alten Wunsch: den Wunsch, Gesangsunterricht zu nehmen. In den letzten Jahren fehlte mir immer die Zeit, wohl auch die Courage dazu, aber jetzt will ich es ausprobieren. Auf Empfehlung nehme ich Verbindung zu einer Gesangslehrerin auf, die an der Musikschule unterrichtet. Sie findet mich nicht gerade genialisch talentiert, aber sie ist bereit, mit mir zu arbeiten. Einmal in der Woche fahre ich zu ihr mit einem kleinen Braunen in der Tasche, den ich der holden Kunst, der respektablen Lehrerin und meinem Wohlergehen gern opfere. Weit bringe ich es nicht. Immer wieder Atem- und Stimmübungen: Ich merke es selber, die Atemmuskulatur hat noch nicht die nötige Elastizität, die Stimme noch nicht den richtigen Sitz. Im Spiegel muß ich Zungenstellung und Lippenformung kontrollieren (wie lasch ich artikuliere, und das als Berufskommunikator!). Beim Versuch, auf dem Klavier vorgegebene Tonfolgen nachzusingen, erkenne ich, wie gering mein Stimmumfang noch ist. Dann, unvermittelt, beginnt die Stimme doch einmal, sich zu entfalten, da gibt es Vibrationen im ganzen Körper, ein Kribbeln entlang der Wirbelsäule, der Rachen ist wie ein weites Gefäß, zu nichts anderem geschaffen als dazu, Klänge auszugießen. Beinahe will es mir vorkommen, als löse sich die Stofflichkeit des Körpers ganz in verschiedenfrequente Wellenstränge auf. Ich betrete ein unbekanntes Land, ganz kurz, denn schon ermüdet das ungeübte Organ wieder. Glücklich fahre ich nach Hause.

Es ist Frühling geworden. Das pralle, wogende Grün an den Bäumen, die Tageshelle, die immer tiefer in die Abende hineinreicht, die milde Luft, die nach leichter Bekleidung ruft, auch das alles hat Einfluß auf mich. Mit dem Fahrrad lege ich die kurzen Strecken zwischen Wohnung, Arbeitszimmer, Bibliothek, Tagesmutter, Gesangslehrerin und den wenigen anderen Punkten zurück, an denen mein derzeitiges Leben stattfindet. Oft komme ich am Stadtsee vorbei. Vom Glitzern des Wassers heben sich im Gegenlicht die Umrisse der Segelboote und Surfbretter ab, die dort bei mäßigem Wind ihre Bahnen ziehen, dunkle geometrische Schnipsel. Das Motorrad ist wieder angemeldet – ein Mann, ein Fahrgeräusch.

Ein lauer Abend, den ich mit Freunden zunächst in einem Restaurant verbringe (Marike ist zu Hause bei Lukas geblieben) und der uns weiter in eine Disco führt, endet in einem Flirt. Es entspinnt sich eine Liebelei, deren Essenz für mich in einer Mischung aus Zuneigung, wiedererstarkter Lebenslust, Eigensinn und schlechtem Gewissen gegenüber Marike und Lukas besteht. Auf Marike, durch die Examensvorbereitung ohnehin permanent an ihrer Belastungsgrenze, wirkt sich die Angelegenheit katastrophal aus. Es ist eine vollkommen unhaltbare Lage entstanden, in der mir bald klar wird, wo ich mich wirklich zugehörig fühle ... –

Marike meint, die Liebschaft habe in engem Zusammenhang mit meiner konkreten Situation gestanden. Ich sei für so etwas offen gewesen, hätte mehr zeitliche Freiräume als früher herausschlagen können – und außerdem: es liege doch auf der Hand, daß ich die fehlende berufliche Bestätigung durch die private habe kompensieren wollen.

Als ich mit Lukas an einem Nachmittag Besorgungen in der Stadt mache, treffe ich zufällig einige frühere Trainees, die ich im letzten Jahr noch ausbildete und die zur Zeit, inzwischen in den Beraterstand erhoben, in der Zentrale eine Fortbildung absolvieren. Es gehe bergab mit dem Unternehmen, sagen sie. Es mache keinen Spaß mehr, dort zu arbeiten. Doch etwas Neues zu finden sei nicht so leicht. Daß in der Gruppe so unverhohlen über Kündigungswünsche gesprochen wird, erscheint mir als ein schlechtes Zeichen für den Geist, der augenblicklich in der Firma herrscht. Gewiß, es steckt viel Höflichkeit in den Sätzen, die man dem Ausgestoßenen in Gummizughose und Turnschuhen spendet, aber ich glaube, es ist auch viel Wahres dran am nach außen gekehrten Pessimismus. Ich blicke in stubenfade Gesichter mit niedergedrücktem Ausdruck, die Haltungen wirken zusammengesunken – es ist eine demotivierende Atmosphäre, die mir entgegenströmt und in der sich, so glaube ich, nur mäßige Geschäfte werden realisieren lassen. Dieses zufällige Treffen ist sicher nur eine Momentaufnahme. Dennoch bin ich froh, die Firma für immer verlassen zu haben.

Ist es wahr? Habe ich mit dem Unternehmen bereits abgeschlossen? Bin ich so sehr einverstanden mit mir, daß ich denjenigen, die Arbeit haben, locker und zufrieden gegenübertreten kann? Bin ich so positiv gestimmt, daß es mir nichts mehr ausmacht, Leistungen aus der Arbeitslosenversicherung zu beziehen, deren fortgesetzter Erhalt von der regelmäßigen (bisher vollkommen nutzlosen) Kontaktaufnahme mit dem Arbeitsamt abhängt? Nein, es ist natürlich nicht wahr, daß Enttäuschung, Verzweiflung und das Leiden an der erlittenen Demütigung überwunden sind, sich in Nichts aufgelöst haben. Die Empfindungen haben sich verwandelt, das ist alles. Sie sind in einer neuen Form zusammengeflossen: in dem Wunsch, Rache zu nehmen.

Vor meiner Anstellung hatte ich gelegentlich Artikel für eine Zeitung geschrieben und noch während meiner Zeit als Verkaufstrainer hin und wieder einen Beitrag dort abgeliefert. Schon damals war ich auch mit der Idee schwanger gegangen, in dieser Zeitung einmal etwas zum Thema Finanzdienstleistungen zu veröffentlichen, sah mich aber als Angestellter in einer ungeeigneten Lage dazu. Gegenüber der Zeitung wäre ich mir wie ein einseitiger Parteigänger meines neuen Gewerbes vorgekommen, unternehmensintern wiederum hätte ich jede Zeile gegenüber der Geschäftsführung rechtfertigen müssen. In meiner jetzigen Situation dagegen kann ich mich neutral und unzensiert zum Thema Wirtschaftsberatung äußern. Der zuständige Redakteur ist an einem entsprechenden Artikel interessiert. Ich habe ein Vorstandsmitglied eines äußerst erfolgreichen Konkurrenzunternehmens meines früheren Arbeitgebers angeschrieben und um ein Interview gebeten, um den Artikel mit Fakten und beispielhaft vorgestellten Lebensläufen unterlegen zu können. Ich bekomme den Termin. Wie ich es mir wünsche, werden auch einige Berater und eine weitere Führungskraft aus dem Hause an dem Gespräch teilnehmen.

Der geplante mehrspaltige Beitrag, der überregional erscheinen wird, soll mir eine Genugtuung sein. Mit Sicherheit werden ihn viele frühere Kollegen und vor allem auch die von mir wenig geliebte Geschäftsführung lesen, die sehen soll, was für eine image-trächtige Gratiswerbung ich da zu fabrizieren vermag, und sich darüber ärgern soll, daß auf diese Weise der ärgste Mitbewerber einen Vorteil erhält. Es sind in der Tat kleinliche Gedanken, die sich da in meinem Kopf tummeln, und ich beschließe, um jene nicht Herr über mich werden zu lassen, ein Pseudonym zu benutzen, dessen Preisgabe über informelle Kanäle mir später ja immer noch freisteht.

Ich ahne es (hoffe ich es auch, insgeheim ängstlich?): Ich werde nur ein paar belanglose Luftblasen produzieren, eine Kleinigkeit von Geschreibsel, die meine wahren Adressaten vor lauter wichtigen Dingen, die sie bewegen, vermutlich nicht einmal auch nur wahrnehmen werden, geschweige denn, daß sie sich davon getroffen fühlen. Warum dann der nachträgliche Unternehmensverrat? Die paar hundert Mark Zeilenhonorar wären doch die dumpfe Tat eigentlich nicht wert. Dennoch, wie unter Zwang führe ich den Plan durch.

An einem heißen Frühlingstag setze ich mich in den Zug, um mich zum Stammsitz des Unternehmens zu begeben. Im Zug überfliege ich nochmals den Leitfaden, den ich für das Interview vorbereitet habe, und beschäftige mich in der restlichen Zeit mit einem unangenehmen Band Fachliteratur zum Thema meiner Doktorarbeit. Eine Frage habe ich mir noch nicht beantwortet, und zwar die, ob ich meinen Gesprächspartnern offenbaren soll, daß ich bis vor einem halben Jahr für die Konkurrenz gearbeitet habe. Es wäre fair, die Situation transparent zu gestalten. Ich könnte zudem im Interview direkt auf die interessanten Punkte zu sprechen kommen, ohne vorher, Unwissenheit vortäuschend, Grundlagen erfragen zu müssen, die mir bereits bekannt sind. Anderseits würde eine entsprechende Erklärung meinerseits mit ziemlich hoher Wahrscheinlichkeit die Frage nach dem Grund des Austritts aus der alten Firma nach sich ziehen und ebenfalls die, warum ich nicht über die frühere Firma schreibe. Bis ich den Zielbahnhof erreiche, mit dem Bus in den am Hang gelegenen Vorort fahre, in dem sich die neuerrichtete Unternehmenszentrale befindet, den weiträumigen, lichtreichen und hochglanzgefliesten Eingangsbereich betrete, zum Warten in die unvermeidliche schwarze Ledercouch verwiesen werde, wenig später mit dem unglaublich schnellen und zugleich katzensanften Aufzug in die Vorstandsetage gebeamt werde, die Vorstandssekretärin begrüße, in den Besprechungsraum geleitet werde, von dem aus man wie ein Burgherr über die Tiefebene blickt, auf der weißliche Mittagshitze faulenzt, schiebe ich die Entscheidung, auf welche Weise ich mich nun vorstellen soll, vor mir her. Pünktlich zur vereinbarten Zeit erscheint das Vorstandsmitglied, mit dem ich verabredet bin und das mich mit konzentrierter Freundlichkeit empfängt. Die Intensität dieses Mannes, die Präzision der von ihm geäußerten Gedanken, die klare und ruhige Autorität, die er, obgleich erstaunlich jung aussehend, ausstrahlt, lassen jede Sekunde, die ich gemeinsam mit ihm verbringe, als gewichtig und unwiderruflich erscheinen. Sekunde türmt sich nun auf Sekunde, es werden Minuten daraus, in denen ich mich nicht offenbare, bis dann auch die übrigen Interviewteilnehmer kommen, denen ich mich als Verhaltenstrainer vorstelle, der hin und wieder als freier Journalist arbeitet, was ja nicht falsch ist, aber eben nur die halbe Wahrheit. Damit ist der Zeitpunkt, reinen Wein einzuschenken, endgültig verpaßt. Ich schalte das Aufnahmegerät ein, das ich mitten auf den Sitzungstisch gestellt habe, und spiele fortan den interessiert fragenden und zuhörenden Laien. Ein gewisses Restrisiko bleibt für mich bestehen. Es könnte passieren, daß mir auf dem Rückweg vom Besprechungsraum zum Ausgang noch irgendeine alte Bekannte oder eine alter Bekannter über den Weg läuft, denn ich weiß, daß von mei-

nem früheren Arbeitgeber von Zeit zu Zeit Berater und Sekretärinnen zu diesem Unternehmen überwechseln, da sich
hier, wie man hört, die besseren Einkunftsmöglichkeiten bö-
ten. Doch halte ich die Gefahr, erkannt zu werden, für verschwindend gering.

Was ich während des Interviews an Atmosphäre aufnehme,
beeindruckt mich. Gewiß präsentiert man mir Idealexempla-
re des hier gepflegten jung-dynamischen Menschenbildes,
freudig tätige männliche Aufsteiger und eine ebenso moti-
viert anmutende Geschäftsstellenleiterin – die Zusammensetzung der Runde erinnert mich an ein politisches Gremium
mit Quotenfrau; bei aller Kosmetik indessen, die der Gastgeber anläßlich eines solchen Interviews vornehmen kann:
Hier scheint es rundum produktiv voranzugehen. Nicht eine
Kleinigkeit, die den Eindruck trüben könnte, daß sich der Erfolg zwangsläufig einstellen müsse angesichts der in dieser
Firma aktiven Modellathleten. Die reine Intelligenz scheint
hier sowohl die Vertriebskultur als auch die regelmäßigen,
strategisch geschickten Erweiterungen des Produktspek-
trums aus sich herauswachsen zu lassen. Es scheint in dieser
Firma keine allzumenschliche Schwäche wie die des Festhal-
tens an einer irrealen Vision zu existieren, die Anspruch und
Wirklichkeit auseinandertreiben könnte. Es kommt mir vor,
als würde in dieser Firma das Mögliche realisiert und als wäre
angesichts des hier versammelten Erfolgsstrebens beinahe alles möglich.

Ich erfahre im Interview etwas über Bilderbuchkarrieren
und die Freiheit, mal 40, mal 70 Stunden in der Woche zu arbeiten bei gelegentlich eingeflochtenem vormittäglichem
Tennisspiel, und ich werde in vielerlei Variationen mit der
Hypothese konfrontiert, daß hier nur Erstklassiges geleistet
werde. Über die Einzeläußerungen der anwesenden Mitarbeiter wacht das Vorstandsmitglied, unumstrittener Guru in der
Runde. Hier und da schaltet er sich mit leiser, beinahe frö-
stelnder Stimme ein, um im Bedarfsfalle die gültige Formu-
lierung für einen noch nicht hinreichend repräsentativ ausge-
drückten Sachverhalt zu geben, womit er augenblicklich den

Magnetismus der Interaktionen wieder neu auf sich ausrichtet.

Gegen Ende des Gesprächs stößt noch der Vorstandschef und Unternehmensgründer hinzu, der den leicht sterilen Perfektionismus seines Vorstandskollegen mit einem Teppich aus Wärme und Verbindlichkeit unterlegt. Als Angestellter dieses Unternehmens würde ich gern vom einen respektiert, vom anderen gemocht werden, aber unendlich weit bin ich davon entfernt, mit diesem Unternehmen in eine Verbindung zu treten. Ich fühle mich von den hier beschäftigten Menschen durch eine Kluft getrennt, eine Kluft, die in meinem Kopf immer weiter aufreißt und die in der bewußten Verheimlichung der ganzen Wahrheit besteht, die ich in meiner Eigenvorstellung zu Beginn des Gesprächs betrieb. Ich bin hier so fremd, wie ein Besucher es nur sein kann, zumal einer, der meint, die ihm gewährte Gastfreundschaft nicht recht zu verdienen. Das tut weh – dies um so mehr, als mir die Materie, um die es hier geht, so vertraut ist und ich zu diesem Unternehmen große Sympathie gefaßt habe. Klarheit, Erfolg und auch die glänzende Oberfläche ziehen mich an. Ich fühle mich als der für zwei Stunden Geduldete, der sich nicht einmal bei der trüb-provinziellen Konkurrenz als Angestellter hat halten können.

Alles, was ich vielleicht im Normalfalle an journalistischer Neutralität besitze, ist verflogen. Ohne zu zögern, willige ich ein, den Artikel meinem Gastgeber zuzusenden, bevor ich ihn in der Redaktion einreiche. Ein Journalist sollte das nicht tun, ich weiß es, aber ich möchte mein Verhalten, das ich als nicht einwandfrei empfinde, auf diesem Wege wiedergutmachen.

Das Interview ist beendet, der Unternehmensgründer erkundigt sich fürsorglich bei mir, ob man ein Taxi rufen solle. Als ich antworte, daß ich mit dem Bus zum Bahnhof fahren will, stoße ich auf großes Erstaunen, als gehöre ich einer exotischen, zivilisatorisch unterentwickelten Spezies Mensch an. „Kein Geld für ein Taxi?" fragt der Unternehmensgründer so ungläubig wie jovial, als sei er schon im Begriff, einen

Schein für das Taxi aus seiner eigenen Brieftasche herauszusuchen. – Ich bleibe dabei, ich fahre mit dem Bus und schöpfe aus dem Stolz des Haushaltens in diesem Moment unerwartet Kraft. Ich befinde mich halt auf der zirka 20 Stockwerk hochgelegenen Kommandobrücke eines der erfolgreichsten Finanzdienstleistungsunternehmen, und ich kann nicht erwarten, daß die Menschen, auf die ich hier treffe, noch eine besonders ausgeprägte Bodenhaftung besitzen.

Ich denke, das Ende dieses Besuchs ist nun wirklich gekommen. Meine Interviewpartner greifen nach ihren Aktenkoffern und verabschieden sich von mir, gleich wird sich wohl auch mein Gastgeber wieder seinen Geschäften zuwenden, doch halt! Er will mir noch etwas zeigen, das mich als freiberuflichen Trainer sicher interessiere: den Schulungsbereich! Da fänden auch gerade Schulungen statt, und wir könnten doch mal eben hereinschauen. Der Schreck durchfährt meine Glieder. Von den zahlreichen Mitarbeitern – vermutlich sind es Neulinge –, denen wir gleich mutmaßlich begegnen werden, könnte leicht einer ein früherer Kollege sein, der quer durch den Schulungsraum ruft: „Hallo, Herr Mues, was machen Sie denn hier!" Ich werfe ein, es sei nicht nötig, mich in die Seminarräumlichkeiten zu führen, ich wolle keine Umstände bereiten, doch mein Gastgeber läßt sich die Liebenswürdigkeit nicht nehmen. Im Aufzug stürzen wir beide in die Tiefe. Meine Befürchtungen schießen wie Pfeile von innen gegen die Schädeldecke, und mein Herzschlag scheint in der hinabsausenden Kabine als archaisch-dumpfes Trommeln zu tönen. An Flucht ist nicht zu denken.

Stille vor den geschlossenen Türen der Seminarräume. Auf Tischen sind mit einwandfreier Sorgfalt Pausengetränke aufgebaut, deren Menge auf eine große Seminarteilnehmerzahl schließen läßt. Das Vorstandsmitglied öffnet die Tür, betritt den Raum, in dem sofort Schweigen herrscht, ich werde hereingeführt. Mit einem Blick sehe ich: keiner da, den ich kenne. Ich werde vorgestellt als der, der ich ein bißchen bin. Der Graphik, die gerade per Overheadprojektor an die Wand projiziert wird, entnehme ich, daß gerade das Thema Sachversicherungen geschult wird, ein nicht sonderlich packender Stoff. War's das? Nein, wir gehen noch in eine zweite Schulung hinein – ich habe wieder Glück. Draußen werde ich dann gefragt, wie mir die Räumlichkeiten gefallen. Wenig gesammelt angesichts der Mattheit, die mich nach überstandenem Schreck erfüllt, antworte ich, daß ich die Räume sehr schön finde, aber Seminarräume würden sich doch stets ähneln in Format und Ausstattung – eine blasse, unhöfliche Bemerkung, dazu noch unkorrekt, wie jeder weiß, der die Spannweite von freundlich, groß und hell bis schlauchartig, pfeilerreich und dunkel auch nur ein wenig kennt, in der sich Seminarräume beispielsweise in Hotels präsentieren.

Wieder im Zug. Von Zeit zu Zeit sehe ich von meinem Band Fachliteratur auf und blicke nach draußen in die Dämmerung und auf den großen Fluß, der mir unwirklich vorkommt wie eine lang hingezogene Einstellung in einem Breitwand-Kinofilm und an dessen Lauf sich der Zug in seiner sanft rüttelnden Fortbewegung doch leibhaftig anschmiegt. Anhaltende Erleichterung darüber, unerkannt geblieben zu sein. In was für eine unwürdige Situation habe ich mich da hineinbegeben? Warum habe ich nicht schon im Vorfeld einfach gesagt, wo ich früher beschäftigt war, und die Gründe für den Austritt als private Angelegenheit offensiv für mich behalten? Wollte ich nicht Gefahr laufen, den Termin aufgrund meiner Vergangenheit verweigert zu bekommen? Wenn dem so war, warum war dieser Termin so wichtig für mich? Wie groß war dabei der Stellenwert des Rachemotivs? Brauchte ich zudem die Beglaubigung, daß ich es wert bin, aus bedeutendem Munde ein paar Informationen zu erhalten, brauchte ich also auch so etwas wie erstrangige Zuwendung? Wollte ich vielleicht den Ort der Kündigung wieder aufsuchen, und habe ich, da ich an den exakten Ort nun einmal nicht zurückgehen konnte, einen vergleichbaren Ort gesucht, an dem ich den häßlichen Vergangenheitsklumpen hoffte seelisch bearbeiten zu können? Suchte ich zugleich ein erneutes Durchleben einer ungetrübten Anfangserfahrung im gleichen Metier, ein allererstes, vorzeitloses Gespräch, mit dem ich mir vorgaukeln wollte, etwas Kränkendes in meinem Leben wäre ungeschehen? –

In den nächsten Tagen verfasse ich den Artikel, schreibe so beifällig über das Unternehmen, wie ich es journalistisch eben noch für akzeptabel halte.

Dieses Erlebnis hat etwas aufgewühlt. Es hat das Trugbild der Abgeklärtheit meines neuen Lebens als Arbeitsloser und einsamer Forscher zerschlagen. Ich weiß nun, da liegt noch viel Unerledigtes in den diversen Bewußtseinsschichten herum. Ich bin noch längst nicht mit mir im reinen. Dennoch hat mir dieses kleine Abenteuer auch geholfen. Ich glaube gelernt zu haben, daß der Wunsch, Rache zu nehmen, tendenziell eine unaufrichtige Haltung produziert, daß mit diesem Wunsch jedoch ein ebenso aktivitätsgeladener, sinnvollerer Impuls verwandt ist, und zwar der des *Jetzt erst recht*. Immerhin war die Erfahrung, in dem anderen Finanzdienstleistungsunternehmen mit beeindruckenden Persönlichkeiten in Kontakt getreten zu sein, etwas Außergewöhnliches und höchst Interessantes für mich, das mir ohne die Kündigung nicht widerfahren wäre. Und immerhin ist der fertige Artikel ein befriedigendes Werk. Ich bekomme ein Gespür dafür, daß die Rede von den Chancen, die ein negatives Erlebnis wie eine erlittene Kündigung in sich berge, mehr als eine Phrase sein kann. Vielleicht war dieses Erlebnis für mich Voraussetzung dafür, einen Platz im Leben zu finden, der spannender und passender für mich ist als der des angestellten Verkaufstrainers, dessen Erfahrungsräume durch einen Vorgesetzten vorgegeben sind. Es ist gewiß, daß es künftig für mich nur darum gehen kann, eine Arbeit zu finden, die meinen tieferen Neigungen besser entspricht als die frühere.

Immer deutlicher kristallisieren sich für mich zwei Fragen heraus: Habe ich in meinem Angestelltendasein dem beruflichen Umfeld durch geheime Signale die Botschaft übermittelt, daß ich keine Dienerqualitäten besitze? Und hat der Unternehmensorganismus mich deshalb vielleicht zu Recht und vielleicht auch zu meinem eigenen Besten als einen Fremdkörper abgestoßen? Die Suche nach einer geeigneten

Aufgabe und darüber hinaus nach einem geeigneten Lebensentwurf, in die mich die Entlassung hineingestoßen hat, erscheint mir immer stärker als eine existentielle Aufgabe, die frühzeitig gefunden zu haben ich froh sein kann.

Das Bewußtsein, in dieser Situation radikal auf mich selbst zurückgeworfen zu sein, wird jedoch begleitet von dem Gefühl, einen Verrat zu begehen: Mir ist, als hintertriebe ich die soziale Idee, daß nicht der kleine Arbeitnehmer, sondern Arbeitgeber und Regierung dafür zu sorgen hätten, daß Arbeitsplätze erhalten blieben bzw. daß Arbeitnehmer nach strukturellen Freisetzungen problemarm in neue Funktionen hinüberwechseln könnten. Wo kämen wir denn hin, wenn Arbeitslosigkeit, zumal Massenarbeitslosigkeit durch die Behauptung gerechtfertigt würde, sie helfe dem einzelnen, seine wahre Bestimmung zu finden?

Mit diesem für mich so wichtigen Kreis von Fragen, wie die Anteile persönlicher und öffentlicher Verantwortung einzuschätzen seien, behellige ich nur Marike. Mitbetroffene könnten zu Feinden werden, wenn sie diese Fragen hörten; Übelwollende könnten vereinfachend denken: gekündigt und selber schuld; Personalverantwortliche, die Bewerbungsgespräche mit mir führen, könnten angesichts der Fragen leicht zu dem Urteil kommen: Wir brauchen Leute, die wissen, was sie wollen, und nicht welche, die sich auf irgendeiner metaphysischen Suche zu befinden meinen und dann auch noch daran zweifeln, ob das Rechtens sei. – Nach wie vor sind diese Fragen für mich ungeklärt.

VIII

Eindrücke von der Rückkehr in die Arbeitswelt

Marike hat ihr Examen bestanden! In der letzten Woche vor den Prüfungen hatte sie sich ausquartiert und bei einer Freundin übernachtet. Den Stoff, mit dem sie sich jetzt noch beschäftigte, mußte sie sich auf Anhieb einprägen, denn für Wiederholungen war keine Zeit mehr. Kein Kindergeräusch, keine unserer gewöhnlichen Alltagsdiskussionen durfte die Konzentration mehr stören. Unnötig zu erwähnen, daß Marike auch nicht mehr viel Schlaf fand in diesen Tagen. Manchmal gegen Mitternacht rief sie mich an – sie mit einem frisch aufgebrühten Kaffee auf dem Schreibtisch, ich auf dem Weg ins Bett, auf das erste Klingelgeräusch hin zum Telefon stürzend, damit Lukas nicht wach würde; wir verabredeten uns für den nächsten Tag zum Mittagessen in der Stadt; sie stellt noch wehmütig die Frage, wie es Lukas geht – alles in Ordnung –, darauf meine Frage, wie sie vorankommt: abgekämpfte Zuversicht der Marathonläuferin auf den letzten Kilometern. Am Mittag des folgenden Tages traf ich sie jeweils so vertieft in Thomas Manns frühe Erzählungen, Dürers graphisches Werk, Salzmanns pädagogische Schriften und ähnliches, daß ich ein Auftauchen zu irdischem Leben absehbar für unwahrscheinlich hielt. Zwischen Vollwertpfannkuchen und Quarkspeise ein Blick zu Lukas hinüber, der eine Brücke schlagen will. Marikes Teint von Tag zu Tag blasser. –

An einem sommerlichen Mittwoch (auf dem Wochenmarkt habe ich Blumen gekauft) stehen wir im Dekanat, wo Marike das soeben empfangene Zeugnis in Händen hält – sie: schmaler geworden durch die Strapaze, zugleich geläutert, geistig aufgeblüht wie nach langer Askese mit endlich errungenem geistigem Durchbruch. Erleichtert unterhält sie sich mit dem Hauptfachprüfer, der ebenfalls in aufgeräumter Stimmung ist, seinerseits zufrieden mit der Examensnote seiner Kandidatin.

Ich habe Lukas auf den Arm genommen, der neugierig in die Runde schaut. Wir sind, je mehr sich Marike um ihr Examen kümmern mußte, zu einem immer besseren Team zusammengewachsen. Ich spüre, daß ich jetzt Lukas' Hauptbezugsperson bin. Wir leben miteinander unter einem Dach aus Selbstverständlichkeit. Gleichsam automatisch gehe ich auf seine Bedürfnisse ein, ich muß mich nicht mehr eigens dazu aufraffen, mich von Augenblick zu Augenblick verantwortlich für ihn zu fühlen.

Marike ist heute die Königin, wir sind ihr Anhang, und das ist in Ordnung so. Zu ihrem Gespräch mit dem Professor können wir nichts beitragen. Wir hören artig zu, bis Marike die Örtlichkeit mit uns verläßt und wir drei einen Sekt trinken gehen.

Die Monate, die ich inzwischen ohne Arbeit bin, haben mich, so glaube ich, verändert. Ich habe das Gefühl, der Horizont habe sich verbreitert. Geldverdienen, fünf Wochentage den Anzug am Leib, von Vorgesetzten und Kollegen anerkannt sein zu wollen: Das alles ist mir nicht mehr so uneingeschränkt wichtig. Das Leben hält viel mehr spannende Möglichkeiten bereit: Vater sein, Marikes Erfolg mitgenießen, schwimmen gehen, ohne auf die Uhr sehen zu müssen, Singtraining, zurückgezogen am Schreibtisch an der Promotion arbeiten. Geld zu verdienen ist weiterhin etwas Erstrebenswertes – aber etwas Erstrebenswertes neben anderen Dingen. Weiterhin ist mir natürlich bewußt, daß es nur ein vorübergehender Zustand sein darf, keinem Broterwerb nachzugehen, insofern tut der Stachel weiterhin seine Wirkung.

Fortgesetzt sende ich wöchentlich Bewerbungen ab. Fast ausschließlich reagiere ich auf Stellenanzeigen. Wenige Blindanrufe bei interessanten Firmen zum Beispiel auf dem Automobilsektor verheißen wenig Hoffnung. Mehr als einmal höre ich, ich solle es in einem halben Jahr nochmals versuchen, angesichts des anstehenden massiven Abbaus von Arbeitskräften stünden Neueinstellungen nicht zur Debatte.

Über das Arbeitsamt erreicht mich während der gesamten Zeit der Arbeitslosigkeit nur ein einziges Vermittlungsangebot, das diese Bezeichnung nicht einmal verdient. Eine in der Gründung befindliche Unternehmensberatung sucht einen Schulungsreferenten. So heißt es in dem Schreiben, mit dem sich die Firma an das Arbeitsamt wendet. Ich schicke meine Unterlagen. Nach Wochen erhalte ich einen Brief in minderwertiger Computerschrift, ohne Angabe von Adresse und Telefonnummer, nur ein Postfach ist genannt – verdächtig, finde ich. Der Brief enthält die Anfrage, ob für mich auch eine freiberufliche Mitarbeit in Betracht komme. Es riecht, als wolle man arbeitswilliges Menschenpotential anhäufen, ohne Sozialabgaben zahlen zu müssen. Ich antworte, es gehe mir vorrangig um eine Festanstellung. Ein freiberufliches Engagement könne ich mir nur unter der Voraussetzung vorstellen, daß eine verbindliche und kontinuierliche Zusammenarbeit gewährleistet sei. Ich höre nie wieder etwas von dieser Firma mit angegebener Bankverbindung, aber ohne gedruckten Briefkopf.

Auf eine erste Bewerbung über eine Personalberatung erfahre ich positive Resonanz. Eine in der Stellenanzeige ungenannte Versicherungsgesellschaft will Führungskräftetrainer einstellen. Mit dem Personalberater treffe ich mich in einem Hotel. Anderthalb Sunden lang sprechen wir über aktuelle politische Fragen. In aller Munde ist gerade der Skandal um einen Bundesminister, der trotz seines gewiß passablen Gehalts eine mit öffentlichen Geldern subventionierte Arbeitskraft beschäftigt hat, woraufhin er seinen Posten räumen muß. Der Personalberater meint, man dürfe die guten Leute nicht bremsen. Wer Kapazität habe und Dinge umsetzen könne, schlage auch meist für sich selbst etwas heraus. Brave Leute würden dagegen in der Politik meist nichts taugen. Darüber diskutieren wir. Ich finde die Sache ethisch bedenklich. Zum Thema Ethik erzählt mir der Berater, wie er nach einem einschneidenden Erlebnis den Dienst bei der Bundeswehr quittierte, lange bevor die Kriegsdienstverweigerung in Mode kam. Als Student war auch er politisch aktiv. Heute raucht er Pfeife und wirkt gesetzt wie einer, der seinen Hafen gefunden hat. Ein angenehmes Gespräch. Die Sympathie, die ich ihm gegenüber empfinde, entspringt, so glaube ich, aus gegenseitiger Übereinstimmung und nicht nur aus dem psychologischen Gesprächsgeschick des Beraters. Natürlich gibt er in diesem Gespräch die Versicherungsgesellschaft preis, die die Stellen ausschreibt. Es handelt sich um ein Unternehmen, das in der Branche für seine skrupellosen Vertriebsmethoden bekannt ist. Der Berater möchte mich dort vorstellen. So übel kann die Versicherungsgesellschaft nicht sein, denke ich mir, wenn dieser ausgesprochen anziehende Mann für sie aktiv ist. Auch finde ich die Großstadt, in der die Versicherungsgesellschaft ihren Sitz hat, recht interessant.

Das Gespräch in der Konzernzentrale erweist sich jedoch als Flop. Mehrere Bewerber sind gekommen, manche schon zu einem zweiten Gespräch. Wir warten zusammen in einer düsteren Sitzecke und haben uns wenig zu sagen. Dann werde ich in ein kleines Besprechungszimmer geführt. Der Personalberater ist anwesend und ein weiterer Gesprächspartner, der später mein Fachvorgesetzter wäre. Nachdem dieser mir eine Fotokopie mit dem Organigramm des Konzerns herübergeschoben hat, ein paar Sätze über die formale Einbindung des Führungskräftetrainings in den Unternehmenszusammenhang heruntergeleiert hat und die Kopie wieder an sich genommen hat, unterzieht er mich einem Verhör. Er will jeweils zu einem fachlichen Thema meine Einschätzung hören, greift sich dann einen Aspekt meiner Antwort heraus, verallgemeinert ihn, bis er absurd erscheint, und konfrontiert mich erneut damit. Ich muß mich *verteidigen*. Ein Streßinterview nennt man das wohl. Ich kann nicht einschätzen, ob dieser Funktionsträger wirklich so negativ eingestellt ist oder ob er mir nur methodisch auf den Zahn fühlen will. Aber gleichwie, eine derartige Gesprächsführung in den ersten Minuten eines Kennenlernens erscheint mir unwürdig. Ich wer-

146

de mich niemals in einem Umfeld wohl fühlen, das solche Praktiken gutheißt. Der Personalberater hält sich zurück. Er kommt mir wie der Köder vor, beinahe wie der Kuppler, der sich dazu mißbrauchen läßt, diesem Ungeheuer Bewerber zuzuführen. Ich habe auch noch ein paar Fragen, die ich gern in diesem Gespräch stellen möchte. Doch erhalte ich auf sie nur knappe Antworten, ich spüre, man sucht das Ende der Unterredung. Exakt eine Stunde ist vergangen – hier regiert der Zeitplan.

Enttäuscht fahre ich nach Hause. Immerhin, die Stelle ist gut dotiert. Doch gefühlsmäßig will ich sie nicht. Außerdem hat es in dem Gespräch nicht gefunkt. – Aber andererseits: Könnte ich die Stelle, wenn man sie mir anböte, überhaupt ausschlagen, arbeitslos seit fast einem halben Jahr? Müßte ich nicht dankbar sein, wenn ich die Chance erhielte, auf dem Arbeitsmarkt wieder Fuß zu fassen? Ich ringe mit mir. Zwar habe ich noch ein paar Eisen im Feuer, aber wer weiß, ob aus den noch laufenden Bewerbungsverfahren etwas wird und ob ich es bei einem anderen Arbeitgeber schließlich besser träfe?

Am nächsten Tag rufe ich den Personalberater an und ziehe meine Bewerbung zurück. Er wirbt nochmals für die Stelle und zeigt die interessanten Perspektiven auf, die diese langfristig biete, aber er respektiert schließlich meine Gründe für den Rückzug. Ich bin froh, agiert, selbständig eine Entscheidung getroffen zu haben, bevor möglicherweise die andere Seite nach reiflicher Überlegung zu dem Ergebnis käme, daß ich nicht der Richtige für die Position bin. – Empfindlicher Stolz als Folge der Kündigungserfahrung: Ich suche peinlich jede weitere Schlappe zu vermeiden.

Das nächste Bewerbungsgespräch habe ich bei einer Bankakademie in meiner Heimatstadt. Diesmal geht es wieder um eine freiberufliche Mitarbeit als Trainer. Nach meinem Tagessatz gefragt, nenne ich eine marktübliche Summe, die ein Trainer, der etwas auf sich hält, verlangen kann. Der Bildungsverantwortliche, der den Termin mit mir wahrnimmt, findet die Summe akzeptabel, meint aber, daß er mir zu diesem Satz nur sehr wenige Trainings werde vermitteln können. Die meisten Trainings würden Standardthemen zum Gegenstand haben und für sehr viel niedrigere Honorare vergeben – deren Höhe betrage nicht einmal ein Drittel des von mir geforderten Tagessatzes. Da ich die räumliche Nähe der Einrichtung attraktiv finde, zeige ich mich auch an den schlecht bezahlten Seminaren interessiert. Unverzeihlicher Verhandlungsfehler! Damit habe ich meinen zuvor angegebenen Marktwert untergraben, mich als wankelmütig und leicht beeinflußbar gezeigt, anstatt für das Risiko einzustehen, bei hoher Dotierung keine vollständige Auslastung zu erzielen. Mein Fehler bleibt indessen ohne unmittelbare Folgen. Wir verabreden, Kontakt miteinander aufzunehmen, wenn die Planung des nächsten Seminarprogramms anstehe.

Endlich haben die beiden Geschäftsführer des Weiterbildungsinstituts, für das ich bereits ein Seminar übernahm, einen Termin gefunden, an dem sie sich beide Zeit für mich nehmen können. Auch der Prokurist nimmt wieder an dem Gespräch teil sowie ein festangestellter Trainer, der eine Position innehat, die der zu besetzenden entspricht. Nochmals muß ich meine Qualifikation darlegen. Daraufhin fordert mich einer der Geschäftsführer auf zu beschreiben, was ich zu tun gedächte, um mich einzuarbeiten, um mich also einerseits mit den Leistungen des Instituts möglichst schnell vertraut zu machen und um andererseits schon an neue Kunden für das Seminargeschäft heranzukommen. Das erscheint mir als eine faire Frage, um zu einem Urteil über den Grad meiner Eigeninitiative zu gelangen.

Der andere Geschäftsführer wird zum Ende des Jahres in den Ruhestand gehen. Würden wir vertraglich zusammenkommen, so wird mir in Aussicht gestellt, könnte ich eine Reihe seiner Seminare übernehmen und würde auch einen Teil seiner Kunden zur Betreuung übertragen bekommen – eine ideale Ausgangslage, mit der Akquisition nicht bei Null anfangen zu müssen. Schon während des Gesprächs wird mir durch positive Rückmeldungen zu meinen Ausführungen signalisiert, daß die Entscheidung für mich so gut wie gefallen ist.

Nach dem Gespräch werde ich gebeten, noch im Hause zu bleiben. Nach kurzer interner Beratung will man mit mir über die Gehaltsfrage sprechen. Der Prokurist und der jüngere Geschäftsführer haben sich in eines der Büros zurückgezogen. Nach einigen Minuten werde ich dazugebeten. Die Bezüge, die man mir anbietet, entsprechen nicht im geringsten meinen Vorstellungen. Ich verweise auf meine Erfahrung, auf das übliche Gehaltsniveau in bezug auf adäquate Stellen, darauf, daß ich in dieser Stadt eine zweite Wohnung nehmen müßte, und ich zeige die Kosten auf, die der Umzug mit sich bringen würde. Ich bin innerlich bereit, augenblicklich nach Hause zu fahren, falls dies das letzte Wort der beiden Herren gewesen sein sollte. Was ich mir denn als Gehalt vorstelle, werde ich gefragt. Ich nenne einen Betrag, der nun den beiden als bei weitem zu hoch gegriffen erscheint. Sie wollen sich noch einmal kurz miteinander beraten. – Als ich wieder hereingerufen werde, wird mir ein mittelmäßiges Anfangsgehalt mit vertraglich zu vereinbarenden fixen Steigerungen in mehreren Schritten angeboten. Der Geschäftsführer weist dann noch auf das Gehaltsgefüge in der Firma hin, das es nicht zu sprengen gelte, doch ich nehme kaum noch zur Kenntnis, was er mir da sagt, innerlich jauchzend über diese Offerte, die ich als satten Verhandlungserfolg verbuche. Ich nehme das Angebot an.

Es hat sich ausgezahlt, denke ich, daß ich mich bei der Abwicklung des einmaligen freiberuflichen Auftrages als korrekter Geschäftspartner erwies, indem ich den Verdienst pflichtgemäß dem Arbeitsamt meldete und ihn durch das Institut bestätigen ließ. Zumindest hat mich diese Handlungsweise psychologisch gestärkt: Sie hat entscheidend dazu beigetragen, daß ich die Verhandlung mit geradem Rücken und entschlossenen Gedanken führen konnte.

Ich glaube, ich könnte mich in diesem überschaubar-familiären Unternehmen wohl fühlen. Genau angesehen habe ich mir auch diejenigen zukünftigen Kolleginnen und Kollegen, die nicht in das Einstellungsgespräch einbezogen waren, die mich nur kurz begrüßt haben und dann wieder ihrer Arbeit nachgegangen sind: Ich habe mich bemüht, in ihren Gesichtern und Haltungen zu lesen, ihre Stimmen und ihren Tonfall zu analysieren. Wie gern kommen sie morgens wohl hierher? Dürfen sie am Arbeitsplatz sie selbst sein? Wie zufrieden sind sie mit den Aufgaben, die ihnen übertragen wurden? Ich bemerke nichts, das auf Verletzungen, Frustrationen, einzwängende Verhaltensnormen schließen ließe. Vielleicht beruhige ich mich durch mein Beobachten auch selbst, da ich doch kaum mehr als vage Phantasien darüber produzieren kann, in welchen Lagen sich die Angestellten befinden. Immerhin, die Arbeit scheint hier beständig und ruhig voranzugehen, ohne Hektik und ohne gravierende Leerläufe.

Ein paar Tage später erhalte ich den vorbereiteten Arbeitsvertrag. Wenn ich noch Fragen dazu habe, so heißt es in dem Begleitschreiben, solle ich mich telefonisch melden. –

Ich müßte nun eigentlich glücklich sein, das Papier in Händen zu halten. Man ist bereit, mir monatlich mehrere tausend Mark für meine Dienste zu bezahlen. Es gibt wieder ein paar Leute, die mich wirklich wollen. Doch tatsächlich fühle ich mich beengt. Alle möglichen Gründe drängen sich nun auf, die dagegen sprechen zu unterschreiben. Mit der Unterschrift würde ich mich zu neuem Gehorsam verpflichten. Ich hätte wieder einen *Vorgesetzten*, jemanden, auf den ich in den letzten Monaten gut verzichten konnte. Als Angestellter würde ich mich wiederum einer Macht ausliefern, die zuletzt doch unberechenbar bleibt. Ich wäre auch nicht mehr der Herr meiner Tage. Acht Stunden am Tag, eher mehr als weniger, müßte ich mich im Büro aufhalten oder im Auto oder in Seminaren oder bei Kunden. Ich könnte nicht mehr Ausschlafen nach Gutdünken oder die Arbeitszeit nach Belieben in die Abendstunden verlegen, sondern hätte mich ungefähr am Bürotag zu orientieren, wie ihn die anderen verbringen. Meine künftigen Erholungsmöglichkeiten wären ausgedrückt in Urlaubstagen pro Jahr, auch das empfinde ich als eine Freiheitseinschränkung. (Bin ich schon total versaut für den Angestelltenjob?) Etwas anderes kommt hinzu: Es laufen ja noch weitere Bewerbungen. Vielleicht wird mir ja in Kürze eine bessere Stelle angeboten: Höher bezahlt, ausgestattet mit mehr Kompetenzen, mit interessanteren Karrieremöglichkeiten. Was, wenn sich morgen eine solche Alternative böte? Und umgekehrt: Wenn ich nun in der Hoffnung, daß etwas noch Attraktiveres käme, nicht unterschriebe, es käme aber nichts, Ende, keine Chance mehr (denn die Firmen haben sich ja in den letzten Monaten nicht gerade um mich gerissen): Nach ein, zwei Jahren Arbeitslosigkeit wäre ich ganz draußen, mir bliebe nur noch der Weg in die Freiberuflichkeit, oder ich müßte umschulen.

Ich zaudere und verlege mich auf einen Nebenkriegsschauplatz: auf Formalien. Wieder treffe ich mich mit meinem Freund, dem Arbeitsrechtler. Er entdeckt in der Tat ein paar Unklarheiten im Vertrag, Haare in der Suppe. Die Formulierungen sind zwar durchweg gängig, aber für mich nicht risikolos, man könnte sie noch arbeitnehmerfreundlicher gestalten. Ich rufe also in der Firma an – noch kann ich ja zurück – und bitte um Konkretisierung. Die Sachverhalte werden mir freundlich dargelegt – selbstverständlich wird, ich konnte es mir denken, nicht der Eindruck erweckt, als wolle man die Regelungen zu meinem Nachteil auslegen. Aus bitterer Erfahrung weiß ich zwar: Das Blatt kann sich wenden. Doch ich spüre, es würde als ein Zeichen des Mißtrauens gewertet, wenn ich darauf bestehen würde, Vertragspunkte zu ändern. Fraglich, ob man sich überhaupt darauf einließe: Noch bin ich ein Arbeitsloser und als solcher nicht zu strotzendem Selbstbewußtsein berechtigt. Das Zaudern bleibt indessen. Ich führe gegenüber dem Geschäftsführer, mit dem ich telefoniere, einen letzten Punkt ins Feld: Da gibt es ja auch noch die Vereinbarung mit der örtlichen Bankakademie, für die ich ein paar Seminare abhalten will. Ich stelle die Vereinbarung als ein bißchen verbindlicher dar, als sie tatsächlich getroffen wurde. Diese geplante Nebentätigkeit gefällt dem Geschäftsführer ganz und gar nicht. Er meint, ich solle mich voll und ganz auf meine neuen Aufgaben als Festangestellter des Weiterbildungsinstituts konzentrieren. Nach einigem Hin und Her gesteht er es mir jedoch zu, in meinem Urlaub ein paar Tage nebenher als Trainer zu arbeiten. Wir sprechen einen bestimmten Umfang meiner Nebentätigkeit ab, den ich schriftlich bestätigen möge. Ein schaler Beigeschmack hat sich angesichts dieses Verhandlungspunktes eingestellt.

Ich unterschreibe – mit einem mulmigen Gefühl zwar – den Vertrag, so wie er ist. Meine Zweifel am Vertragstext und der Wunsch, nebenher noch etwas anderes tun zu können, sind gewiß Folgen aus dem vorherigen beruflichen Fiasko. Ich will sichergehen, daß mir ein Arbeitgeber nichts Böses tut, und ich will mir andererseits einen Fluchtweg offenhalten. Beides ist nicht zu realisieren. Ein Arbeitgeber, der mich nicht möchte, wird, Vertrag hin oder her, immer einen Weg finden, mich loszuwerden, beziehungsweise wird er verstehen, mir das Leben so schwer zu machen, daß ich um der seelischen Gesundheit willen freiwillig gehe: Ein Büro ohne Telefon, Anwesenheitspflicht ohne nennenswerte Aufgabe, solche doch denkbaren Schikanen ertrüge ich langfristig nicht. Andererseits wäre auch ein Potential an Argwohn kaum zu leugnen, wenn ich das, womit ich in der Firma mein Geld verdiene, zugleich als Nebenberufler dauerhaft auf eigene Faust betriebe. – Nach Monaten in der neuen Position wird mir auffallen, daß der Bildungsverantwortliche der Bankakademie keinen Kontakt mehr mit mir aufgenommen hat und daß ich selbst es ebensowenig getan habe. Die Vereinbarung ist einfach nicht mehr wichtig, ein Anhaften an alten Zöpfen ist unnötig geworden, da mich inzwischen die neue Aufgabe im besten Sinne gefesselt hat.

Mit dem Wiedereinstieg in den Beruf ändert sich vieles für mich. Daß ich, zunächst allein, in die andere Stadt ziehen muß, stellt vielleicht die augenfälligste Umgestaltung in meinen Lebensbezügen dar. Es war damit zu rechnen, daß ich in der Heimatregion nichts Passendes würde finden können, doch zwischen dem rein theroretischen Akzeptieren eines Ortswechsels und dem realen Umzug liegen doch Welten.

Schmerzlich ist es vor allem, Lukas nur noch an den Wochenenden zu sehen. Ich befürchte, daß er mir entwächst. Marike und ich allein würden die Trennung wahrscheinlich auch über einen längeren Zeitraum hinweg überstehen, doch als Familie wird es für uns wichtig sein, möglichst bald im Anschluß an die Probezeit eine gemeinsame Wohnung zu beziehen. Die neue Anstellung wird damit auch für Marikes Alltag schwerwiegende Folgen haben.

Mit dem Wiederbeginn des Geldverdienens ist mit einem Schlage der bisherige Alltag zertrümmert, in dem das *Privatleben* und die Aktivitäten, die man *Arbeit* nennen könnte (wie das Schreiben an der Doktorarbeit oder auch das Zusammenstellen von Bewerbungen), ineinander verschwammen, zu einer einzigen Sache wurden. Diese vergangene Daseinsform, in der ich mich, wie mir die Rückschau offenbart, mit einer gewissen Behaglichkeit eingerichtet hatte, ist augenblicklich abgelöst durch die erneute Trennung von Privat- und Berufsleben, wobei das Berufsleben, wie der unumgängliche Umzug beweist, das Privatleben bestimmt.

Zwei Erfahrungen haben nachhaltigen Einfluß auf mich gewonnen: zum einen die Erfahrung, daß das Wort Heimat in den Dimensionen des Berufslebens keinen besonderen Stellenwert besitzt, zum anderen die bitter durchlebte, daß das Wort Festanstellung nur eine Illusion von Sicherheit vermittelt. Beide Erfahrungen zusammen erzeugen das Lebensgefühl, in einer Welt voller provisorischer Bezüge zu leben, die sich fortwährend verwandeln oder sich doch in jedem Moment verwandeln können. Nicht auf Positionen, nicht auf die Gewohnheit, jeden Tag zu einer bestimmten Zeit das Büro zu betreten, ist Verlaß, auch nicht auf Worte der Zuversicht, die den Angestellten bei Laune halten sollen. Nichts dergleichen kann Sicherheit geben. Selbst wenn der Unternehmer es ,gut meint': Ein Managementfehler oder schlicht eine Rezession können mich jederzeit wieder aus dem Erwerbsleben hinauskatapultieren. Es ist ein Bewußtsein des Nomadisierens entstanden, ständig aufbruchbereit. Die Unternehmensstrukturen, die mich aufgenommen haben, erscheinen mir wie ein mehr oder weniger solide aufgeschlagenes Zelt – vielleicht gehe ich eines Tages, vielleicht schickt man mich fort, vielleicht bricht das Unternehmen eines Tages zu neuen Weidegründen auf, vielleicht wird das Zelt, mürbe geworden, einst durch ein neues ersetzt, das keinen Platz mehr für mich hat oder in dem ich nicht länger wohnen mag. Das alles ist ungewiß – müßig, schon heute darüber zu philosophieren. Vielleicht werde ich eines Tages auch selbst Verantwortung in einer Firma übernehmen und, um das Ganze zu retten, selbst an einer Neuformierung mitwirken. Wie würde ich dann mit Mitarbeitern verfahren? Würde ich sie um jeden Preis halten? Auch das ist nicht vorhersehbar. Die Erfahrung wird weiterwirken, aber sollte die Erinnerung an die persönliche Verletztheit ein als notwendig erachtetes Handeln ausschließen?

Die empfundene Unbeständigkeit des Arbeitslebens würde leicht Schwermut erzeugen, gäbe es nicht die reichhaltigen Anlässe zur Freude, die aus den neuen Verhältnissen herauswachsen: das Gefühl der Genugtuung, das sich einstellt, als wieder das erste Gehalt auf dem Konto eingegangen ist, eine Genugtuung beinahe wie über das allererste selbstverdiente Geld überhaupt. Eine Freude ist auch die Wiederentdeckung des Vertrauens, ohne das es im Berufsleben kein Gelingen und keinen Erfolg geben kann, mögen die Umstände des Wirkens auch unbeständig wie ein Windhauch sein. Der Beruf bringt mich mit Menschen zusammen, auf die ich neugierig bin, denen ich vorbehaltlos begegnen kann, woran ich sehe, daß die negative Strahlkraft der Vergangenheit nachläßt. Die Zuversicht ist für mich Beweis fortgeschrittener Heilung, Zeichen der Echtheit ist das Vertrauen, das mir von anderen als Antwort entgegengebracht wird.

Es ist auch eine neue Stabilität entstanden, eine ganz andere als zuvor die illusionäre der beruflichen Position: Bei allem Wandel äußerer Bedingungen wird mir doch niemand mein Wissen und meine Kompetenz nehmen können. Gerade wenn sich die Verhältnisse ändern, wird um so deutlicher, wie unabhängig das eigene Können davon ist und daß es sich unter allen möglichen Voraussetzungen entfalten kann. Jede Niederlage ist zu verschmerzen. Solange der Verstand intakt ist, wird es immer wieder ein neues Sicherheben geben. Auch das ist ein Stück neues Bewußtsein. Es macht unabhängiger von Zuckerbrot und Peitsche, wie sie mehr oder weniger subtil überall existieren, wo es Hierarchien gibt.

Dennoch: Im wiedererstandenen Optimismus bewahrt sich stets eine Spur von Nachdenklichkeit. Schwer zu sagen, was die Kündigungserfahrung mit mir alles angestellt hat, welche bleibenden Deformierungen sie verursacht haben mag. Die Chance, einen Bericht darüber zu schreiben, schafft eine neue Möglichkeit des Verarbeitens, sie treibt jedoch auch ‚vergessene' und überwunden geglaubte Demütigungen an die Oberfläche des Denkens und Fühlens, Augenblicke der Entwürdigung, die zu beschreiben die Scham verhindert. Eine Ahnung leuchtet auf, wie viel Unerledigtes sich wohl auf immer in die Urwälder des Unbewußten geflüchtet hat.

Ich bin unterwegs mit dem Geschäftsführer namens Döbbeler, der zum Ende des Jahres in Rente geht. Wir befinden uns auf einer dieser Touren durch die weitere Region, die am Tag zu zwei, drei Kunden führen und die zwischendurch immer wieder längere Phasen des Autofahrens mit sich bringen. Unweigerlich kommt man sich näher, so von Autositz zu Autositz – nicht peinlich nah, denn beiden bleibt der Blick nach draußen, das schweigende Verfolgen des Motorengeräuschs und des Straßenverlaufs. Doch empfiehlt die Zweisamkeit der einander Fremden dezent Gespräche, die ein wenig Vertrautheit herstellen. Zunächst geht es um Kunden, Akquisitionsmöglichkeiten, den Seminaralltag: Da gibt es vieles zu lernen für mich, so sehr ich auch manches anders sehe und handhaben werde als der ältere Kollege. Ich bin gern mit ihm unterwegs. Die Wachsamkeit, mit der er eine Firma betritt, die Mischung aus Selbstsicherheit und dem Gast anstehender Bescheidenheit, die er seinen Gesprächspartnern gegenüber an den Tag legt, darin drückt sich die Erfahrung eines Berufslebens aus. Im Auto spricht der Senior auch über vergangene Erfolge. Auf die gleiche Weise scheint er schon oft vergangene Taten beschrieben zu haben. Es sind wohlgeformte Geschichten, die ich von ihm höre und die er vielleicht in gleicher Weise auch in seinen Seminaren erzählt, und zwar so, daß es mir ein ganz klein wenig zu forciert erscheint. Und dann – es ist nicht unsere erste gemeinsame Fahrt – erfahre ich, daß man auch ihn eines Tages aus einer Firma hinauswarf. Die Gründe, die er mir nennt, werten ihn eher auf als ab – er war ein guter Mann, so sagt er, der seine Mannschaft auf ein solch hohes Niveau gebracht hat, daß man auf ihn, die teure Führungskraft, irgendwann verzichten konnte. Er hat sich selbst überflüssig gemacht: Gibt es etwas Ehrenwerteres? Aber es war doch ein Rausschmiß und damit schockierend, was er eingesteht, ohne daß ich ihn eigens danach fragen müßte. Wir sprechen nicht besonders ausführlich über diese Angelegenheit. Es herrscht ein Einverständnis zwischen uns, als sei die Erfahrung des Gekündigtwerdens für jeden die gleiche und deshalb ein weitläufiger Kommentar unter Leidensgenossen unnötig, wie unverwechselbar die besonderen Umstände der Entlassung auch jeweils erscheinen mögen. Jetzt wird mir deutlich, was mich an Döbbelers Geschichten über vergangene Erfolge aufhorchen ließ. Es hörte sich so an, als verlange die begeisterte Darbietung nach ihrem Gegenton, so als wolle auch der Kummer, den der ältere Kollege zeitweilig erlebte, zu seinem Recht kommen, könne es aber nicht angesichts der dominierenden Überschwenglichkeit. In der Tat hat Döbbeler es zu etwas gebracht: Seine Arbeit macht ihm offenkundig Freude, die Firma gehört zu einem Teil ihm selbst, finanziell steht er sicher gut. Und doch ist auch diese Narbe seiner beruflichen Existenz wahrnehmbar als ein Teil von ihm. Er stellt sie nicht zur Schau, und ebensowenig verbirgt er sie um jeden Preis. Er scheint damit ganz gut leben zu können und andererseits die Arbeit an der Vergangenheit auch noch nicht abgeschlossen zu haben.

Wir blicken vor uns auf die Landstraße. Wohlmeinend macht Döbbeler mich auf eine Radarfalle aufmerksam, die mich, wenn ich wieder einmal an dieser Stelle vorbeikomme, ab jetzt nicht mehr überraschen kann. Dann schweigen wir wie zwei Komplizen nach einem großen Coup.

Erfahrungen

Peter Mannsdorff
Das verrückte Wohnen
Erfahrungsberichte aus einer psychiatrischen Wohngemeinschaft
Band 4325

Eben aus der Psychiatrie entlassen zieht Peter in ein Wohnheim. Hier wird mit den „Verrückten", nicht über sie gelacht.

Manfred E. Neumann/Willi Schraffenberger
Platte machen
Vom Leben und Sterben auf der Straße – Portraits
Band 4311

In diesem ausdrucksstarken Text-Bildband präsentieren sich Schicksale, die auch die eigene Lebenswelt hinterfragen lassen.

Marco Schnyder
Drogenfeuer
Der Chef der Drogenfahnder gerät in den Sog der Sucht – und kämpft um sein Leben
Band 4305

Ein schonungslos offener Bericht, der aufdeckt: Niemand ist vor der Drogengefahr gefeit.

Thomas Alteck
Der Mißbrauch des Mißbrauchs
Ein Vater wehrt sich gegen den Verdacht der Kindesmißhandlung
Band 4299

Kein Einzelfall mehr: Der Vorwurf des sexuellen Mißbrauchs wird in Scheidungsfällen immer öfter erhoben. Immer zurecht?

Peter Radtke
Karriere mit 99 Brüchen
Vom Rollstuhl auf die Bühne
Band 4295

Ein Leben mit Glasknochen – und trotzdem erfolgreich und glücklich. Aus der Optik des „Anderen": ein befreiendes Buch über ein erfahrungsreiches Leben.

HERDER / SPEKTRUM

Wolfgang Lechner
Lach doch wieder, kleiner Rafael
Was ein Vater durch den Unfall seines Sohnes lernte
Band 4294

Nach dem Unfall seines kleinen Sohnes stellt der Vater sein bisheriges Leben in Frage.

Claudia Harss/Karin Maier
Mit meiner Firma geht's bergab
Was man selber tun kann, wenn der Arbeitsplatz bedroht ist
Band 4286

Ein in dieser Form konkurrenzloser Ratgeber für alle, die an eine berufliche Neuorientierung denken.

Sonja Auras
Ich bin Ärztin und HIV-positiv
Eine junge Frau kämpft gegen Ausgrenzung und mächtige Interessen
Band 4280

Eine junge Ärztin infiziert sich in ihrem Beruf mit der tödlichen Krankheit. Es beginnt ein mutiger Kampf gegen die gesellschaftliche Ausgrenzung und das persönliche Schicksal.

Eckhart H. Müller
Ausgebrannt – Wege aus der Burnout-Krise
Band 4266

Wie sehen die ersten Anzeichen des Burnout aus? Was kann man tun, um eine echte Krise wirksam zu verhindern?

Elvira Torni
Der Eierkuchenmond
Tage und Nächte einer Single-Frau
Band 4253

Elvira Torni erzählt witzig, mit Tempo und Biß „von Eierkuchen, Magerquark und anderen Sinnesfreuden."

HERDER / SPEKTRUM